무당패왕 9

2023년 12월 8일 초판 1쇄 인쇄
2023년 12월 13일 초판 1쇄 발행

지은이 윤신현
발행인 강준규

기획 이기헌 왕소현 임동관 박경무 강민구 조익현
책임편집 이정규
마케팅지원 이원선

발행처 (주)로크미디어
출판등록 2003년 3월 24일
주소 서울시 마포구 마포대로 45 일진빌딩 6층
Tel (02)3273-5135 Fax (02)3273-5134
홈페이지 rokmedia.com E-mail rokmedia@empas.com

ⓒ 윤신현, 2023

값 9,000원

ISBN 979-11-408-1399-5 (9권)
ISBN 979-11-408-1050-5 04810 (세트)

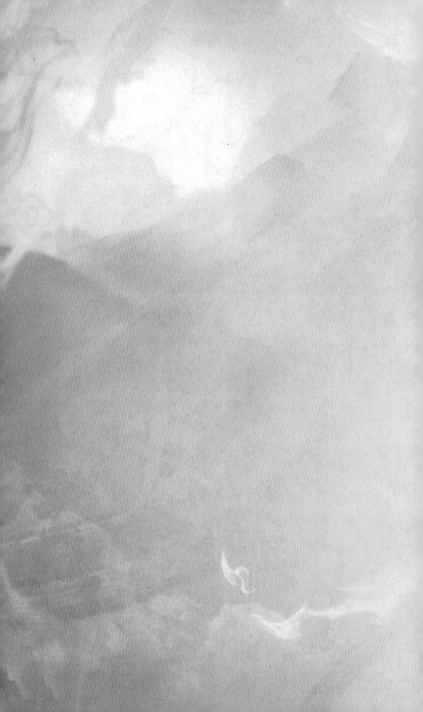

차례

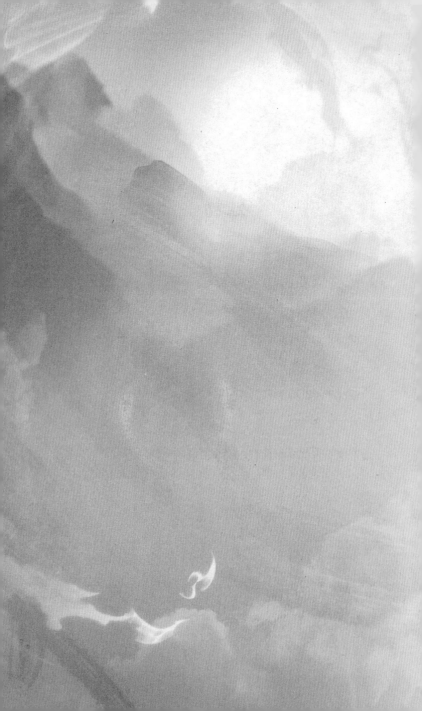

제69장 예상치 못한 흐름

"지금 말입니까?"

갑작스럽기 짝이 없는 현광의 도전에 이춘상이 두 눈을 끔뻑거리며 손가락으로 자기 얼굴을 가리켰다.

그 정도로 이춘상은 당황했다.

아무리 여유가 있었다고 하나 막 남궁준과의 비무가 끝난 참이었다.

한데 곧바로 자신에게 비무 신청을 하자 이춘상은 고개를 갸웃거렸다.

"그렇습니다."

"조금 쉬신 후에 하는 게 낫지 않겠습니까?"

"이 소협께서 괜찮으시다면 저는 괜찮습니다. 아, 물론 다른 의미로 말한 건 아닙니다."

현광이 아직 앞에 있는 남궁준을 바라보며 황급히 말을 이었다.

지금의 말이 의도와는 다르게 들릴 수도 있다는 걸 깨달아서였다.

그런데 의외로 남궁준은 아무렇지 않은 얼굴이었다.

오히려 호탕하게 웃으며 고개를 끄덕였다.

"괜찮습니다. 오해 안 합니다."

"이해해 주셔서 감사합니다."

"하지만 다음번에는 다를 겁니다."

"기대하겠습니다."

호방하게 대답하는 남궁준의 모습에 현광은 속으로 안도의 한숨을 내쉬었다.

다행히 언짢아하는 것 같아 보이지는 않아서였다.

물론 속으로는 다르게 생각할 수도 있지만 적어도 그의 눈에 그런 기색은 보이지 않았다.

오히려 다음번에는 다를 거라며 호승심을 드러내는 모습이었기에 현광은 부드럽게 웃었다.

"한번 겨루어 봐."

"흐음. 이겨도 본전인 대련인데."

"손해 안 보는 게 어디야?"

"너한테 신청하지 않았다고 너무 태평한 거 아냐?"

이춘상이 입을 삐죽 내밀었다.

자기가 하는 거 아니라고 너무 건성으로 생각하는 것 같아서였다.

그러나 이춘상의 투덜거림에도 유하성은 피식 웃으며 말을 이었다.

"그래서 빼게?"

"누가 뺀다고 그래? 나 이춘상, 지금껏 누구의 도전도 피한 적이 없어. 너하고는 다르지."

"나는 상황이 좀 다르지."

유하성이 의미심장하게 웃었다.

피한 것과 상대해 주지 않는 것은 달랐다.

그는 엄연히 후자였다.

개나 소나 달려드는 걸 그는 질색했다.

흠칫!

지금의 대화에 자신도 연관이 있다는 걸 느낀 모양인지 매화검수들 끄트머리에 서 있던 현우가 움찔거렸다.

그의 이름이 거론된 것도 아닌데 스스로 찔린 것이었다.

그래서 그는 더욱더 몸을 움츠렸다.

유하성과의 대련은 언감생심 꿈도 꾸지 못하더라도 다른 이들은 달랐기에 쥐 죽은 듯이 얌전히 현광과 이춘상의 대치를 주시했다.

"허어. 이제 패왕이라 불린다, 이거지? 역시 명성이 높아지면 사람이 변하는구만."

"그렇게 몰아가지는 말고."

"그런 의미로 말한 거 아냐?"

"너무 곡해해서 들었어."

유하성이 고개를 저었다.

절대 거만을 떨거나 오만한 마음을 가지고 말한 게 아니어서였다.

"뭐, 좋아. 네 성격이 까칠한 거야 진즉부터 알고 있었고. 나도 나름 그런 성격을 좋아하니까."

"……말이 왜 그렇게 흘러가는지 모르겠네."

유하성이 헛웃음을 흘렸다.

대화의 흐름이 요상하게 흘러가는 것 같아서였다.

그런데 유하성만이 그렇게 생각하는 게 아닌 모양인지 이소향을 비롯해서 원일과 원상, 원호는 물론이고 제갈령령과 여인들도 실소를 흘렸다.

저벅저벅.

자기 할 말만 한 이춘상이 느릿하게 발걸음을 옮겼다.

조용히 대화를 지켜보고 있던 현광에게 다가갔던 것이다.

이춘상이 걸어 나오자 남궁준은 살짝 씁쓸한 표정을 지으며 남궁희수가 있는 곳으로 물러났다.

"어느 정도 휴식을 취할 시간은 드렸다고 생각합니다."

"감사합니다."

"흐음."

은근한 도발에도 현광은 빙긋 웃으며 대답했다.

조금도 평정심이 흔들리지 않는 모습으로 말이다.

그런 현광의 표정에 이춘상은 역시나 만만치 않은 상대라고 느꼈다.

'경계해야 한다고 했던가.'

능글맞은 표정과 달리 이춘상은 내심 긴장하고 있었다.

다른 이도 아니고 유하성이 한 말이었다.

거기다 이춘상도 느끼고 있었다.

현광이 상당한 수준의 실력자라는 사실을 말이다.

'하지만 나는 개방의 후개다.'

화산무제의 대제자에 대해서는 이춘상 역시 익히 들어서 알고 있었다.

어마어마한 천재라는 사실을 말이다.

그렇기에 한 번쯤은 붙어 보고 싶었다.

누구의 재능이 더 뛰어난지, 현재는 누가 더 강한지.

'하성이를 만나기 전이었다면, 완패였겠어.'

현광을 마주 보고 선 이춘상은 인정했다.

만약 정신을 차리지 못했다면, 옥만개로서 세월아 네월아 하며 살아갔다면 현광의 상대가 되지 못했을 것임을 말이다.

한편 현광 역시 이춘상과 마찬가지로 깊은 눈동자로 유심히 살펴보는 중이었다.

옥만개라 불렸던 잊힌 천재가 패왕을 만나 정신을 차렸다는 소문은 강호에 널리 퍼져 있었다.

'허송세월을 보냈음에도 나와 비슷한 수준이라니.'

티는 안 냈지만 현광은 속으로 살짝 놀랐다.

개방의 후개가 희대의 천재라는 소식은 화산파에만 머물던 현광에게도 전해졌다.

그냥 천재도 아니고 엄청난 천재라고 말이다.

하지만 얼마 안 가 태만에 빠졌다는 소식이 이어졌다.

그리고 그 뒤로 이춘상에 대한 이야기는 자연스레 사라졌다.

잊힌 천재라는 말처럼 세인들의 뇌리에서 완전히 잊혔던 것이다.

'만약 태만하지 않고 계속 정진했다면……'

현광은 마른침을 삼켰다.

그랬다면 지금쯤 유하성과 비슷한 수준이었을지도 몰랐다.

'하나 가정일 뿐.'

이춘상의 재능은 그가 보기에도 범상치 않았다.

단순히 노력만으로 오를 수 있는 경지는 한계가 있었으니까.

물론 세인들은 유하성이라는 예를 들지만 현광의 생각은 달랐다.

기본적으로 재능이 어느 정도 있기에, 밑바탕이 되었기에 지금의 경지를 이룩했다고 생각했다.

  '재능이라는 게 꼭 육체적인 재능만 있는 건 아니니까.'

  육신 못지않게 지능, 혹은 두뇌도 매우 중요했다.

  고민 없이, 고뇌 없이는 절대 깨달음을 얻을 수 없었다.

  그래서 현광은 본능적으로 느꼈다.

  유하성과 자신이 묘하게 닮아 있음을 말이다.

  '우선은 이 소협부터.'

  마음 같아서는 이춘상이 아니라 유하성과 겨루어 보고 싶었다.

  보는 순간 자신이 부족하다는 걸 느꼈지만 그럼에도 욕심이 이는 건 어쩔 수 없었다.

  무인으로서 호승심이 생기는 건 본능이었다.

  그러나 유하성의 성격상 도전한다고 해서 받아 줄 거라는 보장은 없었다.

  "준비되셨습니까?"

  "예. 저는 준비되었습니다."

  그래서 현광은 우선 이춘상과 먼저 비무를 할 생각이었다.

  차근차근 단계를 밟는 것처럼 우선은 이춘상과 비무를 하고 그다음에 유하성에게 신청하기로 마음먹었다.

  개인적으로 이춘상의 실력이 궁금하기도 했고 말이다.

  '호적수가 있다는 건 좋은 일이니까.'

세간에 물을 것도 없이 당장 매화검수들 중에서도 이춘상이 무당파에 머무는 걸 이해하지 못하는 이들이 있었다.

하지만 그는 이춘상이 왜 그런 결정을 내렸는지 이해할 수 있었다.

무인도 사람인지라 고수가 될수록, 경지가 높아질수록 고독해졌다.

제대로 무론을 주고받을 상대가 없어서였다.

그렇기에 현광은 이춘상이 이해가 되었다.

당장 그만하더라도 여기까지 온 게 조금도 후회되지 않았으니까.

"그럼 시작할까요? 공증인은 많으니까 심판은 네가 봐 줘."

"내가?"

"이 자리에 너 말고 심판을 봐 줄 사람이 있어?"

"흐음. 오늘따라 까칠하네."

툭툭 쏘아 대는 이춘상의 말에 유하성이 피식 웃었다.

하지만 거절하지는 않았다.

어찌 보면 그 대신 이춘상이 나서 준 것이기도 했다.

그렇다고 해서 유하성이 딱히 부탁한 건 아니지만 말이다.

"해 줄 거야, 말 거야?"

"알았어. 대신 내공 사용은 금지. 아이들도 있다는 걸 잊지 마."

"당연하지."

"저도 주의하겠습니다."

이춘상에 이어 현광도 대답했다.

기존에 있던 일행에 이어 매화검수들이 둥글게 모여 있다고 하나 현광과 이춘상이 마음먹고 내공을 사용하면 주변이 쑥대밭이 되고도 남았다.

그중에 눈먼 공격이 무인들을 지나 아이들에게도 향하지 말란 법도 없기에 현광은 진중한 얼굴로 고개를 주억거렸다.

"네가 시작해 줘."

"그럼 이 나뭇잎이 바닥에 닿는 순간 시작하는 걸로."

휘이익.

바닥에 아무렇게나 떨어져 있던 낙엽 하나를 유하성이 허공섭물로 들어 올렸다.

그러고는 정확히 두 사람의 정중앙을 향해 낙엽을 던졌다.

적당한 내공을 실어 허공에 날렸던 것이다.

이윽고 유하성이 목표했던 위치에 정확히 도착한 낙엽은 하늘거리며 바닥을 향해 천천히 회전하면서 떨어져 내렸다.

파바밧!

자연의 이치에 따라 느릿하게 떨어지는 낙엽이 지면에 닿은 순간 이춘상과 현광이 동시에 땅을 박찼다.

시작과 동시에 서로를 향해 맹렬히 달려들었던 것이다.

쌔애액!

그중 현광의 검이 보다 빠르게 번뜩였다.

아무래도 적수공권인 이춘상에 비해 권역이 넓은 만큼 상대적으로 속도가 빠르게 느껴졌다.

하지만 전광석화 같은 현광의 일검에도 이춘상은 당황하지 않았다.

섬전처럼 쇄도하는 현광의 찌르기를 정확히 보며 그의 품속으로 파고들었다.

뻐억!

그러나 현광은 이춘상의 접근을 가만히 지켜보지 않았다.

눈부신 속도로 파고드는 이춘상을 향해 좌장을 내질렀다.

"흡!"

"큽!"

주먹과 손바닥이 허공에서 격돌하며 두 사람의 신형이 크게 흔들렸다.

충돌로 인한 반발력에 몸이 파도처럼 출렁인 것이었다.

하지만 누구도 뒤로 밀리거나 물러나지 않았다.

악착같이 지금의 자리를 고수했다.

크르륵.

대신 땅바닥에 제법 깊은 고랑이 생겼다.

두 남자의 고집에 지면만 파인 것이었다.

째애애액!

이춘상의 주먹을 막아 낸 것과 동시에 현광이 검을 뿌렸다.

주먹과 손바닥이 맞닿아 있다는 건 그만큼 거리가 가깝다는 걸 뜻했고, 현광은 그걸 놓치지 않았다.

"흥!"

빛살처럼 쇄도하는 검극을 향해 이춘상이 팔을 크게 휘둘렀다.

맞닿아 있는 주먹을 옆으로 움직여 검신을 후려쳤던 것이다.

그러고는 좌권을 내질렀다.

자세가 살짝 비틀어져 있었으나 이춘상 정도 되면 어떤 자세로든 무공을 펼쳐 낼 수 있었다.

스윽.

다만 문제는 현광 역시 마찬가지라는 점이었다.

생각지도 못한 대응으로 인해 검이 튕겨졌으나 현광은 당황하지 않았다.

오히려 반동을 이용해 위치를 바꾸었다.

이어지는 이춘상의 공격을 마치 예상이라도 한 것처럼 아주 자연스럽게 이동해서는 이십사수매화검법을 극성으로 펼쳤다.

파파파팟!

이윽고 현광의 손에서 무수한 검화가 피어올랐다.

어제 보았던 현우의 검화처럼 선명하지는 않으나 이춘상은 오히려 지금의 검화가 더욱 위협적으로 느껴졌다.

내공을 사용하지 않기로 했기에 지금의 이십사수매화검법은 오로지 육체적인 능력으로만 펼치는 것이었다.

그런데도 현우가 펼치는 것보다 훨씬 위협적이었다.

'하지만 난 피하지 않지!'

화산파의 검공답게 이십사수매화검법은 변검(變劍)과 환검(幻劍)의 묘리를 전부 가지고 있었다.

변화막측하며 현란하다 못해 아름다운 검공이 이십사수매화검법이었다.

그 사실을 증명하듯 현광이 수놓는 검화는 순식간에 이춘상의 전방을 빼곡하게 채웠다.

오로지 육체의 힘만으로 허공을 가득 채운 것이었다.

후우웅!

그러나 그 압도적인 광경에도 이춘상은 물러나지 않았다.

상남자란 바로 이런 것이라는 듯이 오히려 정면으로 달려들었다.

묵직한 파공음과 함께 개방 특유의 강맹한 일권을 내질렀던 것이다.

타아아앙!

"흐읍!"

현광이 침음을 흘렸다.

분명 맨주먹과 부딪쳤음에도 귀에 들리는 소리는 청아한 금속음이었다.

하지만 그보다 현광을 당혹스럽게 만드는 건 이춘상의 권격이었다.

예상했던 것보다 더 강력한 권격에 현광은 자기도 모르게 어금니를 깨물었다.

'역시……!'

동시에 심장이 두근거렸다.

살 떨리는 긴장감에 온몸의 피가 뜨겁게 끓는 듯한 느낌이었다.

그래서 현광은 전심전력으로 이십사수매화검법을 펼쳤다.

츠츠츠츠!

그러자 검세가 일변했다.

바뀐 마음가짐 때문인지 솟구치는 검세가 더욱 날카롭고 매섭게 변했다.

그뿐만 아니라 집요해졌다.

어떻게든 이춘상을 물어뜯겠다는 듯이 사납게 일어나 파도처럼 덮쳤다.

"호오."

이춘상이 씨익 웃었다.

수백 개의 바늘이 일시에 살갗을 찌르는 것 같은 예리한 감각이 느껴졌으나 이춘상은 긴장하지 않았다.

오히려 눈을 반짝였다.

지금의 검세에서 현광의 결의를 느낄 수 있어서였다.

'그렇다면 나 역시 그에 응해 줘야겠지!'

타앗!

전력을 다해 부딪혀 오는 현광을 향해 이춘상 역시 극성으로 파옥권과 파옥신장을 펼쳤다.

그런데 이춘상의 움직임이 지금까지와는 사뭇 달랐다.

강격인 것은 같았으나 기세가 달랐다.

현광과 마찬가지로 이춘상 역시 혼신의 힘을 다해 공격했다.

까가가강!

두 손은 물론이고 두 다리가 쉴 새 없이 움직였다.

신체의 모든 부위가 무기라는 듯이 온몸을 활용해서 공격했던 것이다.

따다다당!

그런데 현광도 만만치 않았다.

이춘상이 전신을 이용해 공격한다면 현광은 달랐다.

오직 검 하나에만 집중했다.

모든 움직임을 검에 두고서 이춘상을 공격했다.

"큭!"

"흡!"

두 사람은 한 치의 양보도 없이 서로에게 맹공을 퍼부었다.

모든 걸 쏟아붓고 죽을 기세로 가진 것 전부를 쏟아 냈다.

누구도 절대 물러나지 않겠다는 듯이 말이다.

"흐음."

그런 둘의 모습에 모두가 눈을 떼지 못했다.

아니, 정확하게는 눈 한 번 깜빡이지 못했다.

두 사람의 대결에 극도로 집중한 것이었다.

하지만 모두가 그런 건 아니었다.

'대사형과 박빙이라니.'

모두가 수준 높은 현광과 이춘상의 비무에 감탄할 때 현송은 다른 이들과 사뭇 다른 표정을 짓고 있었다.

이춘상이 구룡을 내려다볼 정도로 강자라 하나 아무리 그래도 현광에 비할 바는 아니라고 생각했다.

대외적인 활동을 하지 않아서 그렇지 현광은 화산파 역사상 손꼽히는 기재였다.

또한 그녀가 오랫동안 보아 온 인물이기도 했고.

'그런데 호각이라고?'

제아무리 이춘상이 대단하다고 하지만 내심 현광이 위라고 생각했었다.

한데 결과는 놀랍게도 박빙이었다.

검룡 남궁준을 상대로도 여유를 잃지 않았던 현광이 지금은 그 어느 때보다 진지한 얼굴로 검초를 뿌리고 있었다.

조금도 우위를 점하지 못한 채로 말이다.

'말도 안 돼.'

그 사실이 현송은 믿기지 않았다.

아무도 말하지 않았지만 현송은 내심 대사형인 현광을 유하성과 비슷한 수준으로 보았다.

현광이 유하성에 비해 부족할 리가 없다고 생각해서였다.

그러나 결과는 놀랍게도 유하성은커녕 이춘상도 확실하게 넘어서지 못하고 있었다.

'아니야. 아직 결판은 나지 않았어. 내 눈에 보이는 게 전부가 아닐 거야.'

현송은 머리를 흔들었다.

누가 봐도 용호상박의 대결이지만 그렇다고 결과가 나온 것은 아니었다.

그리고 그녀는 현광을 믿었다.

화산파 역대 최고의 기재이자 천재로 꼽히는 인물이 현광이었기에 결국은 그가 이길 거라고 말이다.

"크윽!"

하지만 시간이 갈수록 현송의 마음은 점점 초조해져 갔다.

처음에는 눈동자만 흔들렸지만 나중에는 두 손을 꼭 맞잡은 채로 현광을 응원했다.

혹시라도 비무에 방해가 될까 봐 소리는 내지도 못하고 말이다.

"으음!"

화산파의 매화검수들이 한마음 한뜻으로 현광을 응원하기 위해 비무를 지켜보는 것과는 달리 몇몇은 착잡한 얼굴로 두 사람의 대련을 쳐다보고 있었다.

그중 제일 표정이 좋지 않은 이는 남궁준과 제갈성이었다.

한때 구룡이라 불리며 후기지수들 중에서 최고라 인정받았던 둘이지만 지금은 아니었다.

유하성과 이춘상이 비상하는 만큼 두 사람의 명성은 점차 떨어지고 작아졌다.

'현광 도장.'

거기에 현광까지 나타나자 남궁준은 침음을 흘렸다.

대등하게 이춘상과 겨루는 현광의 모습에서 열등감이 치솟아서였다.

그리고 그건 옆에 있던 제갈성 역시 마찬가지였다.

점점 더 뒤처진다는 생각에 제갈성은 두 눈을 질끈 감았다.

"……."

반면에 두 사람과 마찬가지로 구룡 중 한 명이라 불렸던 원일의 표정은 담담했다.

현광의 무위에 큰 충격을 받은 둘과는 달리 태연하게 비무를 지켜봤던 것이다.

따다다당!

정확하게는 두 눈을 부릅뜨고 둘의 검식과 권격을 하나라도 더 지켜보려고 노력했다.

남궁준과 제갈성이 자괴감에 빠져 있는 사이 그는 더 나아갈 길을 찾았던 것이다.

스르르르.

그러던 중 원일은 갑자기 눈썹을 꿈틀거렸다.

묘한 향기가 그의 코를 간질여서였다.

동시에 원일의 눈동자에 짙은 의문이 떠올랐다.

여름이 다가오는 시기에 매화향이 맡아지자 이상했던 것이다.

"검향(劍香)이라."

그때 유하성의 목소리가 들려왔다.

원일이 맡은 매화향을 유하성 역시 맡은 것이었다.

"허어. 검향이라니."

"벌써 극성에 이르렀단 말인가?"

은은하게 퍼져 나가는 검향에 사람들이 웅성거렸다.

화산파의 제자들 중에 검향이 무엇을 뜻하는지 모르는 이가 없어서였다.

그래서인지 다들 하나같이 깜짝 놀란 표정으로 현광을 쳐다봤다.

그런 사람들의 모습에 매화검수들이 자부심 넘치는 표정

을 지었다.

"하지만 검향이 승부를 판가름하는 기준은 아닙니다."

"맞아."

모두가 현광이 피워 내는 검향이 놀라워할 때 원일이 평온한 어조로 입을 열었다.

분명 현광의 나이에 검향을 피워 낸다는 건 대단한 일이었다.

검향은 이십사수매화검법을 극성으로 익힌다고 해서 무조건 피워 낼 수 있는 게 아니었으니까.

하지만 그렇다고 해서 검향이 막 엄청난 힘을 가진 건 아니었다.

"결국 더 강한 힘에 무너지는 건 똑같으니까."

원일의 말에 맞장구를 쳐 주던 유하성이 말을 이었다.

검향은 분명 이십사수매화검법을 더욱 위력적으로 만들어 주기는 했다.

내공을 사용할 수 없는 지금의 상황에서는 더더욱 위협적이었고.

그러나 분명한 건 절대적이지는 않다는 사실이었다.

우뚝!

은은하지만 그렇기에 더욱 위력적인 게 바로 검향이었다.

자연스럽게 파고들어 정신을 혼미하게 만들었으니까.

상대를 현혹하는 걸 넘어 몽롱하게 만드는 게 검향이었으나 유하성의 말대로 절대적이지는 않았다.

그리고 그 사실을 이춘상은 자신의 몸으로 직접 증명해 보였다.

"으음!"

결판이 난 두 사람의 대결에 화산파의 제자들이 믿을 수 없다는 표정을 지었다.

그들의 예상과는 전혀 다른 결과가 나와서였다.

"제가 졌습니다."

"좋은 승부였습니다."

"저도 그렇게 생각합니다."

이춘상의 겨드랑이에 끼워져 있는 검을 회수하며 현광이 옅게 웃었다.

패배했음에도 전혀 억울해하지 않았다.

오히려 순수하게 결과에 승복했다.

"바로 인정하시네요."

"이번 대결에서는 제가 진 게 분명하니까요."

현광의 목에 닿을 듯 말 듯 뻗어 있는 주먹을 회수하며 이춘상이 떨떠름한 표정을 지었다.

너무 순수하게 인정하니 기분이 묘해서였다.

그러나 이어지는 말에 이춘상은 피식 웃었다.

"다음번에는 다를 거라는 말씀이십니까?"

"예. 비무를 하기 전보다 이 소협에 대해 많이 알게 되었으니까요."

"그건 저도 마찬가지입니다만."

"그러니 더 재미있지 않겠습니까."

"하하하하!"

차분하게 자기 할 말을 다 하는 현광의 모습에 이춘상이 웃음을 터뜨렸다.

결은 다르지만 자신과 묘하게 비슷하다는 걸 느낄 수 있어서였다.

"다음을 기대하겠습니다."

"저 역시."

적당한 거리를 두고 물러난 두 사람이 서로를 향해 정중히 포권했다.

승패가 정해졌음에도 상대방에게 예의를 다했던 것이다.

그야말로 비무의 정석과도 같은 두 사람의 모습에 관전하던 이들의 가슴에서 불꽃이 일어났다.

두 사람의 비무로 다들 호승심이 들끓기 시작했던 것이다.

따아앙! 깡!

그 결과 연무장에서는 대련이 계속해서 이어졌다.

다들 상대를 정해서 비무를 시작했던 것이다.

그중 가장 인기 있는 이는 역시나 원일과 남궁준, 제갈성이었다.

연구동과는 조금 떨어져 있는 서문세가의 숙소 응접실에 여인들이 모였다.

그런데 늘 모이던 이들뿐만 아니라 새로운 얼굴들도 있었다.

이번에 무당산을 찾은 매화검수들 중 여자들인 현송, 현하, 현소가 방문한 것이었다.

"초대해 주셔서 감사합니다."

"아니에요. 저희야말로 선뜻 응해 주셔서 감사한걸요."

대표로 감사 인사를 하는 현송을 향해 서문예지가 곱게 웃어 보이며 대답했다.

그러고는 익숙하게 찻잔과 간단한 간식거리가 담긴 조그마한 접시를 탁자 위에 내려놓았다.

"갑자기 초대해서 놀라셨죠?"

"아니요. 오히려 감사한걸요. 너무 수련만 하는 것도 정신 건강에 좋지 않으니까요."

제갈령령의 말에 현송이 웃으며 고개를 저었다.

그녀 역시 매화검수의 한 자리를 차지할 정도로 뛰어난 재능과 실력을 갖추고 있었다.

하지만 수련에 미친 정도까지는 아니었다.

모든 것이 그렇겠지만 수련도 과하면 오히려 몸과 정신을

무당패왕

해쳤다.

"그렇게 생각해 주셔서 감사해요."

"또 무당산에는 여인들이 별로 없잖아요? 그래서 언제고 이런 자리가 있을 거라고는 생각했어요."

"초면이라 정식으로 인사를 나누고도 싶었고요."

조용히 앉아 있던 현소와 현하도 입을 열었다.

둘 다 강호에서 활동한 지는 꽤 되었지만 이상하게 여기 있는 네 명과는 인연이 없었다.

제갈령령과 남궁희수의 경우 화산파에 찾아온 적은 있었으나 안타깝게도 마주친 적은 없었다.

"영광이네요. 매화검수들께서 저희를 만나 보고 싶었다니."

"개인적으로 궁금한 것도 있고요."

"궁금한 거요?"

어제 처음으로 인사를 나누었음에도 상당히 친근하게 다가오는 세 사람의 모습에 남궁희수가 눈을 동그랗게 떴다.

활발한 성격이기는 해도 처음 보는 사람과 아무렇지 않게 대화를 나눌 정도는 아니었다.

친해지는 데 시간이 좀 필요한 성격이었는데 이렇게 선뜻 다가오자 남궁희수는 조금 당황한 표정을 지었다.

"아, 이상한 건 절대 아니에요."

"맞아요. 여자로서 궁금한 게 있다고나 할까요?"

"피부 관리는 어떻게 하세요?"

"아."

연이어 쏟아지는 질문 세례였으나 이번에는 당황하지 않았다.

무슨 이유로 자신에게 친근하게 다가왔는지 이제는 알 수 있어서였다.

"서문 소저에게도 물어보고 싶어요. 진짜 같은 여자인데 어떻게 이렇게 다를 수 있죠?"

"네 분도 무공수련은 꾸준히 하고 있다고 들었어요. 그런데 왜 우리만 이럴까요?"

현소와 현하가 깊은 한숨을 내쉬었다.

많은 의미가 담긴 한숨이었다.

무인으로서 강해지고 싶은 마음도 있고, 매화검수가 됨으로써 인정도 받았다.

하지만 세 사람도 여자였다.

"저는 딱히 관리하지 않는데요? 잘 씻고, 잘 자는 것 정도?"

"미안수(美顔水) 같은 건 비전이겠죠?"

남궁희수의 대답에 제갈령령과 황주연, 서문예지가 고개를 주억거렸다.

그러나 세 여인은 그 말을 곧이곧대로 믿지 않았다.

"비전이라고 할 정도까지는 아니에요. 적어도 저는요."

"그럼 역시 비싼 게 좋은 걸까요?"

현송의 시선이 황주연에게로 옮겨 갔다.

제갈세가와 남궁세가, 서문세가가 강호의 명문세가라고 하지만 아무래도 이런 쪽은 상계를 주름잡는 금와장이 유리할 수밖에 없었다.

더욱이 황주연은 금와장주의 막내딸인 만큼 현송이 상상하는 것 이상의 물건들을 소지하고 있을 가능성이 컸다.

"꼭 그렇지만도 않더라고요. 쓸데없이 비싼 것들이 많아서. 사기꾼들도 많고요. 오히려 적당한 가격에 평이 좋은 걸 사는 게 저는 맞았어요."

"혹시 추천해 주실 수 있으실까요?"

현송이 두 손을 맞잡고서 간절하게 부탁했다.

얼굴이야 타고나길 이렇게 타고났기에 바꾸는 건 불가능했다.

신체발부수지부모(身體髮膚受之父母)라는 말도 있지 않던가.

하지만 피부는 노력 여하에 따라 얼마든지 바뀔 수 있었기에 현송은 물론이고 현하와 현소가 두 눈을 초롱초롱하게 빛내며 황주연을 바라봤다.

"알려 드리는 거야 어렵지 않은데요."

"저어. 가격대도 이왕이면 저렴한 것으로……."

"야! 싼 게 비지떡이란 말 몰라? 쓸 때는 팍팍 써야 해! 비상금을 다 털어서라도!"

현소가 쭈뼛쭈뼛하며 작게 말하자 현하가 팔을 찰싹 때렸다.

눈앞에 있는 황주연만큼 금전적으로 풍족한 건 아니지만 그렇다고 아예 없는 건 아니었다.

거기다 다른 것도 아니고 스스로의 피부에 투자하는 것이니만큼 현하는 엄청난 금액만 아니면 살 의향이 있었다.

흘러간 시간이 돌아오지 않는 것처럼 피부 역시 마찬가지였다.

"역시 그렇겠지?"

"당연하지! 시기를 놓치면 늦는 게 아니라 그냥 끝이야, 끝! 다시 돌아오지 않는다고!"

"하긴. 찢어진 옷을 아무리 잘 꿰매도 기운 흔적이 남는 것처럼 피부도 마찬가지겠지."

"정확하게는 흘러간 젊음이 다시 돌아오지 않는 거나 마찬가지지."

"오, 비유 적절한데?"

현소가 두 눈을 크게 떴다.

정말 가슴에 확 와닿는 비유여서였다.

그런데 그건 둘의 대화를 듣고 있던 다른 여인들도 마찬가지였다.

다들 동시에 고개를 주억거렸다.

"사람마다 체질이 달라서 막 좋다고 말씀드릴 수는 없지만, 그래도 대체적으로 평이 좋은 것들을 알려 드릴게요. 소량으로 조금씩 구매해서 이것저것 써 보면서 자신의 피부에 맞는 걸 찾으시면 될 것 같아요."

"감사합니다!"

"정말 감사합니다!"

서슴없이 알려 주겠다는 황주연의 말에 현소와 현하는 물론이고 현송도 자리에서 벌떡 일어나 손을 덥석 잡았다.

사심이 있는 게 아니라 진심으로 고마워하는 것이었다.

거의 대부분의 시간을 화산에서 보내기에 이런 정보들은 그녀들에게 있어 소중할 수밖에 없었다.

겸사겸사 황주연과 친분도 쌓고 말이다.

"어제는 정말 충격이었어요. 말은 하지 않았지만요."

"그러니까요. 이 소협이 그렇게 강할 줄은 몰랐어요."

처음부터 공통적으로 관심을 가질 수밖에 없는 분야에 대해서 이야기를 나눠서 그런지 분위기는 화기애애했다.

서로가 알고 있는 정보들을 공유하며 유대감을 점점 쌓아 갔던 것이다.

그러다가 어제의 비무가 대화의 주제로 떠올랐다.

"이 소협도 대단하시죠."

"개방의 후개이시니까요."

정말로 충격받았다는 듯이 말하는 현송과 현하를 향해 제갈령령과 남궁희수가 입을 열었다.

한없이 가벼운 언행으로 인해 이춘상을 만만하게 보는 이들이 많았다.

그러나 그건 겉으로만 보이는 모습이었다.

이춘상은 절대 약하지 않았다.

"유 공자님께서 인정한 무인이니까요."

거기에 서문예지 역시 가세했다.

화산파의 현광이 대단하다고 하나 신분으로 따지면 이춘상도 꿀리지 않았다.

티를 내지 않아서 그렇지 차기 개방주가 이춘상이었다.

"이 소협보다 강하다면, 대체 어느 정도일까요?"

"강하시죠."

"아주요."

현송이 상상이 안 간다는 어투로 중얼거리자 황주연과 남궁희수가 기다렸다는 듯이 대답했다.

어제의 결과가 화산파의 제자들에게는 충격적인 광경이었겠지만 여기 있는 네 명에게는 아니었다.

일상이나 마찬가지였기에 크게 놀랄 것도 없었다.

"어떻게 하면 그렇게 강해질 수 있을까요?"

"여기서 며칠 지내 보면 알게 되실 거예요. 자연스럽게요."

"그런가요?"

"네."

武當霸王
무당
패왕

현송은 물론이고 현하와 현소가 고개를 갸웃거렸다.

저렇게 당당하게 말하니 더욱 궁금해졌던 것이다.

그러면서 다들 입을 우물거렸다.

유하성이 거론되자 묻고 싶은 게 많았지만 선뜻 꺼내기가 쉽지 않았다.

아무래도 네 명의 여인들에게는 민감할 수밖에 없기도 했고.

그래서 세 사람은 눈치를 살폈다.

"궁금한 게 있으신가 봐요?"

"언제까지 무당산에 머무실 계획이세요?"

먼저 운을 띄워 주는 제갈령령의 말에 현송이 조심스럽게 물었다.

궁금한 걸 에둘러 표현한 것이었다.

그리고 그걸 제갈령령은 단박에 알아차렸다.

"글쎄요. 일단 원하는 걸 얻을 때까지는 있을 생각이에요."

"원하시는 거라 하심은?"

"짐작하시는 것도 있고, 다른 목적도 있고요."

제갈령령은 의미심장하게 웃으며 말했다.

분명하게 말하지는 않았으나 의미는 확실하게 전달되도록 말이다.

그래서인지 물었던 현송이 어색하게 웃으며 화제를 돌렸

다.

대답이 충분히 되기도 했고, 너무 유하성에 대해서만 묻는 것도 예의가 아닌 것 같아서였다.

"내일은 저희도 본격적으로 비무를 신청할 계획이에요."

"남궁 소협과 제갈 소협, 원일 진인과 대련할 수 있는 기회는 흔치 않으니까요."

"구경도 좋지만 역시 직접 검을 겨루는 것보다는 아니죠. 이런 기회가 또 언제 올지도 모르고."

분위기가 요상하게 흘러가는 듯하자 화산파 삼인방은 빠르게 눈빛을 교환하며 입을 열었다.

자연스럽게 화제를 전환시켰던 것이다.

"맞아요."

"저희도 가끔씩 대련하기도 하고요."

"정말요?"

거기에 남궁희수와 황주연은 냉큼 넘어갔다.

서문예지는 평소 성격대로 조용히 듣는 것에 집중했다.

'흐음.'

반면에 제갈령령은 묘한 눈으로 세 사람을 응시했다.

어떻게 보면 잠재적인 경쟁자가 될 수도 있는 게 현송과 현하, 현소였다.

하지만 그녀는 단순하게 생각하지 않았다.

세 사람과 함께 매화검수들도 무당산을 찾은 만큼 잘하면 지금의 구조에 균열을 일으킬 수도 있다고 생각했다.

'다들 피가 끓는 청춘남녀들이니까.'

목석과도 같은 유하성이 객관적으로 보면 비정상이었다.

이립이 넘었다고 하나 그 나이에 철이 들지 않은 남자는 수두룩했고, 그중에는 개가 어울리는 작자도 많았다.

그러나 그건 지극히 안 좋은 쪽이었고, 대부분의 남자들은 미녀를 좋아했다.

그리고 지금 이곳에는 무림삼화 중 두 명이 있었다.

'거기에 황 소저도 못난 미모는 절대 아니니까. 내미지상을 알아보는 이가 있다면 오히려 황 소저에게 엄청나게 빠질 가능성도 있지.'

말 그대로 한번 빠지면 헤어 나오기가 쉽지 않은 게 황주연이었다.

안타깝게도 그게 유하성에게는 통하지 않았지만 말이다.

'그게 통했으면 진즉에 결과가 나왔겠지.'

여자를 밝히는 남자였으면 이렇게 네 명이 애를 태우지 않았을 터였다.

하지만 지금도 나름 재미있었다.

유하성이 이 여자, 저 여자에게 정을 주는 성향이 아니라는 걸 알게 되었으니까.

또 자신의 울타리 안의 사람에게 얼마나 잘하는지 알고 있었기에 제갈령령을 비롯해서 세 사람이 어떻게든 그 안으로 들어가고자 노력하는 것이었다.

'어쩌면 상황이 재미있게 흘러갈지도 모르겠어.'

원탁에 앉아 있는 여섯 명의 여인들을 차례대로 바라보며 제갈령령이 싱긋 웃었다.

화산파의 매화검수들이라 하면 미래가 보장된 인재들이었다.

더욱이 화산무제의 대제자인 현광의 경우 이춘상과 접전을 벌일 정도의 고수였다.

그런 만큼 경쟁자였던 세 사람의 마음이 흔들릴 가능성은 충분히 있었다.

내 눈에 괜찮게 보이는 상대는 다른 사람의 눈에도 똑같이 보이기 마련이니까.

물론 그런 목적으로 화산파의 매화검수들이 무당산을 찾은 건 아니겠지만 중요한 건 변화의 바람이 불기 시작했다는 점이었다.

'기회를 만드는 것 또한 능력이니까.'

제갈령령이 속으로 싱긋 웃었다.

기회를 놓치지 않는 것은 분명 중요했다.

그러나 기회를 만들 수 있다면 굳이 거기까지 가지 않아도 되었다.

푸히히힝!

어느덧 망아지와 성체의 중간 단계까지 성장한 예쁜이가 크게 투레질을 했다.

이소향과 함께 달리니 신이 난 것이었다.

이제는 어린아이는 충분히 태우고도 달릴 수 있을 정도로 제법 자란 예쁜이였으나 이소향은 타지 않았다.

아직은 타는 것보다 이렇게 함께 달리는 게 좋아서였다.

"도착!"

푸르륵!

매일같이 찾아와서 그런지 이제는 길이 만들어져 있었다.

오고 가며 밟고 다니자 자연스레 길이 만들어졌던 것이다.

"이제는 슬슬 타는 훈련을 해도 되겠어."

"좀 더 자라야 하지 않을까요?"

푸릉!

유하성의 중얼거림에 이소향이 예쁜이의 갈기를 부드럽게 쓸어 주며 대답했다.

처음 만났을 때와 비교하면 정말 많이 자라기는 했으나 이소향의 눈에는 여전히 망아지로만 보였다.

"어른은 힘들겠지만 소향이 정도는 충분히 태울 수 있어. 예쁜이도 그렇다잖아."

푸히히힝!

마치 유하성의 말귀를 알아듣는 것처럼 예쁜이가 고개를 치켜들며 투레질을 했다.

이소향뿐만 아니라 어른도 태울 수 있다는 듯이 말이다.

그런데 흑풍의 생각은 다른지 작게 투레질을 했다.

아직은 멀었다는 것처럼 말하는 모습에 유하성은 물론이고 이소향도 피식 웃었다.

"소향이도 그렇지만 예쁜이도 적응할 시간이 필요해. 그리고 그건 어릴 때 시작하는 게 좋고. 습득하는 능력이 완전히 다르니까. 어릴 때 빨리 배우는 것처럼. 근력단련처럼 예쁜이도 무게를 점차 늘려 가는 거지."

"아하."

이소향이 박수를 쳤다.

무슨 말인지 단박에 이해가 되었던 것이다.

"물론 우리의 시간과 예쁜이의 시간은 다르겠지만."

"히잉."

말의 수명이 삼십오 년 정도라고 들었기에 이소향이 울상을 지었다.

한참이나 먼 미래였지만 그래도 슬픈 건 어쩔 수 없었다.

그러나 예쁜이는 어려운 말은 이해할 수 없는지 그저 이소향이 안겨 오자 좋다고 볼을 핥았다.

"벌써부터 걱정하지는 말고. 오지도 않은 미래보다는 지금 이 순간을 즐기는 게 현명하단다."

"네!"

"그럼 수련을 시작할까?"

어느새 활짝 웃으며 예쁜이의 목덜미에 얼굴을 비비던 이소향이 힘차게 대답했다.

그러고는 유하성을 따라 익숙하게 체조를 시작했다.

여기까지 달려왔기에 경직된 근육들을 풀어 주는 것이었다.

"이 느낌이 너무 좋아요. 개운하고, 시원하고. 공기도 맑고요!"

"내공증진에도 도움이 되고 말이지."

"맞아요. 히히!"

"많이 컸어."

유하성이 흐뭇한 표정을 지었다.

쑥쑥 자란 예쁜이처럼 이소향도 정말 많이 컸다.

하루가 다르게 자란다는 말처럼 이소향은 매일매일 예쁘게 크고 있었다.

"헤헤헤."

"자, 그럼 수련을 시작해 볼까?"

"네!"

유하성의 말에 이소향은 힘차게 대답했다.

그러고는 유하성을 따라 몸을 단련하기 시작했다.

체조로 몸을 가볍게 풀어 준 후 본격적으로 육체단련에 들어갔던 것이다.

물론 이소향은 아직 성장 중이기에 유하성이 하는 횟수를 따라 하지는 못했다.

"후우."

"흐읍!"

명운에게서부터 이어져 내려온 동작들이 이소향에게 전해졌다.

그 모습에 유하성이 뿌듯하게 웃었다.

자연스럽게 따라 하는 이소향의 모습에서 자신의 모습이 겹쳐 보여서였다.

더불어 사부가 되니 명운의 마음도 이해가 되었다.

"무리하지 말고."

호흡이 전혀 흐트러지지 않는 유하성과 달리 이소향의 얼굴은 금방 새빨갛게 변했다.

익숙해졌다고 하나 몸이 완성된 건 절대 아니었다.

오히려 매일 한계를 확인하는 중이었다.

하지만 이소향은 포기하지 않았다.

"아직은 괜찮아요……!"

유하성을 따라 팔굽혀펴기를 하는 이소향의 얼굴이 터질 것처럼 붉어졌다.

그뿐만 아니라 두 팔은 부들부들 떨리고 있었다.

무당
패왕

그러나 이소향은 온몸이 떨리면서도 미소를 지었다.

횟수를 정확하게 세면서 말이다.

"흐으읍!"

단련할 때의 몸은 언제나 힘들다고 말했다.

이 정도면 충분하다고 말이다.

그래서 이소향은 늘 마음속으로 횟수를 셌다.

목표는 언제나 어제보다 하나 더.

무리하지 않는 것과 포기하는 것은 엄연히 달랐다.

그리고 이소향은 유하성을 실망시키고 싶지 않았다.

'더 할 수 있어!'

유하성에게서 얼마나 큰 사랑을 받고 있는지 이소향은 잘 알고 있었다.

만약 유하성의 제자가 되지 않았다면 어떤 삶을 살아가게 되었을지도 말이다.

그렇기에 이소향은 죽어도 유하성을 실망시키고 싶지 않았다.

'하나만 더!'

여기까지만 하자고, 이 정도면 충분하다고 몸이 말했다.

더불어 머릿속의 또 다른 그녀가 유혹했다.

이쯤 하자고 말이다.

하지만 이소향은 그 말을 듣지 않았다.

'할 수 있어!'

대신 오직 하나만 생각했다.

오늘 채워야 하는 횟수만 말이다.

그리고 이소향은 유하성을 믿었다.

몸에 무리가 갈 것 같으면 유하성이 그만하라고 말했기에 이소향은 이를 악물었다.

"끄으읍!"

"좋아. 거기까지."

"넵! 하악! 학!"

"호흡은 일정하고 길게."

지친 기색이 완연했으나 이소향은 유하성을 따라 호흡을 가다듬었다.

그러자 거짓말처럼 숨이 안정되었다.

전신에 기분 좋은 활력이 돌았고 말이다.

스윽!

그러나 휴식은 짧았다.

딱 정해진 시간만큼 휴식을 취한 이소향은 유하성과 똑같이 물구나무를 섰다.

유하성처럼 손가락 하나로 몸을 지탱하지는 못했지만 그래도 이소향은 나름 혼신의 힘을 다해 버텼다.

"허허허."

"사백조님!"

제70장 이쪽도 얻는 게 있어야지

물구나무를 서고 있던 이소향이 황급히 자세를 바로 했다.

명천의 등장에 깜짝 놀란 것이었다.

하지만 유하성은 갑작스러운 명천의 방문에도 담담히 몸을 뒤집었다.

"아침부터 열심히 하는구나."

"네. 헤헤헤."

"참 신기하단 말이지. 여기를 어떻게 찾은 건지."

뒷짐을 지고서 느릿하게 다가온 명천이 신기한 표정으로 주변을 두리번거렸다.

겉으로 보기에는 그냥 무당산의 외진 곳 중 하나였다.

만약 유하성이 알려 주지 않았다면 그냥 지나쳤을 법한.

아니, 솔직하게 말하면 죽을 때까지 이 근처에도 오지 않았을 것이었다.

"우연히 발견했습니다."

"네가?"

"혹시나 하는 마음에 찾아보긴 했지만요. 근데 있을 줄은 몰랐습니다."

"자연의 신비인 건가."

명천이 피식 웃었다.

오랜 세월을 살아온 그이지만 명천 역시 아는 것보다는 모르는 게 훨씬 더 많았다.

이론적으로 설명할 수 없는 게 수두룩하다고나 할까.

그래서 어쩌면 삶이라는 게 더 재미있는 것일지도 모른다고 생각했다.

"저는 그렇게 생각합니다."

"여기보다 더한 곳도 있겠지?"

"그렇지 않겠습니까. 직접 본 적은 없지만 공청석유나 영초들이 있는 게 그 증거니까요."

"공청석유라."

명천이 턱을 쓰다듬었다.

무림에서 고수로 이름 높은 그이지만 공청석유는 단 한 번도 본 적이 없었다.

그러나 보지 못했다고 해서 무당산에 없으리라는 보장 또한 없었다.

인연이 없다면 코앞에 두고도 발견하지 못하는 게 영약이
지만 반대로 인연이 있다면 너무나 쉽게 발견하는 것이 바로
영약이었다.

"틈틈이 찾아보고는 있는데 이곳보다 더 좋은 곳은 발견하
지 못했습니다."

"내가 한번 돌아볼까?"

"사백께서요?"

"응. 나야 이제 할 일 없는 뒷방 늙은이이지 않더냐."

"누구도 그렇게 생각하지 않을 겁니다."

유하성이 실소를 흘리며 고개를 저었다.

세월이 흐른 만큼 늙은 건 사실이었다.

하지만 강호의 그 어떤 무인도 명천을 뒷방 늙은이라 생각
하지는 않을 터였다.

"절대 그렇지 않아요, 사백조님!"

"그래?"

"네!"

그런데 유하성의 말보다는 이소향의 말이 더 와닿는 모양
인지 명천이 인자하게 웃으며 몸을 낮췄다.

이소향과 눈높이를 맞추었던 것이다.

"고맙구나. 나를 그리 생각해 주어서."

명천이 부드럽게 웃었다.

그러면서 새삼스러운 눈으로 이소향을 바라봤다.

명운과는 정말 닮은 게 단 하나도 없는데 이상하게도 이소향을 보고 있으면 명운이 떠올랐다.

심지어 성별도 다른데 말이다.

'참으로 신기하단 말이지. 하성이는 명운이와 완전 다른 성격인데.'

일정 부분은 닮은 점이 있었다.

그러나 명천이 보기에 명운과 유하성은 닮은 점보다는 다른 게 훨씬 더 많았다.

한데 이소향은 명운을 꽤 많이 닮아 있었다.

둘은 단 한 번도 만난 적이 없음에도 불구하고 말이다.

"헤헤! 당연한걸요! 저는 언제나 사백조님 편이에요!"

"오오, 그래?"

"네!"

"역시 우리 소향이가 정이 많아. 하성이하고는 참 달라. 그러니까 앞으로도 매정함이나 냉정함, 냉혹함, 이런 건 배우면 안 된다?"

"어……."

손녀를 바라보는 할아버지의 얼굴로 명천이 이소향의 머리를 쓰다듬으며 말했다.

그런데 지금껏 곧바로 대답했던 이소향이 머뭇거렸다.

명천도 좋지만 그래도 이소향에게 있어 가장 좋은 사람은 유하성이었다.

그렇다 보니 이번 말에는 섣불리 대답할 수가 없었다.

"허어. 사백조보다는 사부가 더 좋단 말이지?"

"에헤헤."

정곡을 찌르는 말에 이소향이 어색하게 웃었다.

부정하지 않는다는 건 곧 긍정을 뜻했기에 명천이 얼굴 가득 서운하다는 표정을 지었다.

하지만 이소향은 빈말조차도 하지 않았다.

"이거야, 원. 서러워서. 나도 제자를 하나 더 키우든가 해야지."

"장문사형이 싫어할 겁니다."

"말이 그렇다는 거지. 이제는 체력이 안 된다. 내 한 몸 건사하기도 힘들어."

명천이 어울리지 않게 약한 소리를 하며 왼손으로 허리를 두드렸다.

자세도 일부러 구부정하게 만들면서 말이다.

그러나 그 모습에 유하성은 물론이고 이소향도 넘어가지 않았다.

"팔뚝의 잔근육이 선명하게 보이는데요."

"흠흠! 소향아, 검을 배워 볼 생각은 없느냐?"

예리한 유하성의 시선에 명천이 올라간 소매를 내리며 화제를 돌렸다.

무언가 기대하는 눈빛으로 이소향에게 물었던 것이다.

"검이요?"

"그래. 하성이의 태극권도 뛰어나지만 무당에는 좋은 검술도 많단다. 소향이가 배우고 싶다는 마음만 있다면 이 사백조가 검술을 가르쳐 주마."

"말씀은 감사하지만 저는 괜찮아요."

"으응?"

명천의 두 눈이 휘둥그레졌다.

생각지도 못한 대답에 당황한 것이었다.

설마하니 일말의 망설임도 없이 거절할 줄은 몰랐기에 명천이 얼빠진 표정을 지었다.

"지금 사부님께 배우고 있는 진무 태극권도 사실 버거워서요. 헤헤헤."

"어렵지 않아. 우선은 기본기만 잡아 줄 거니까. 태극권과 크게 다르지 않기도 하고. 어릴 땐 이것저것 익혀 보는 것도 나쁘지 않단다."

단번에 까일 줄은 몰랐기에 명천이 황급히 말을 이었다.

그러나 이소향의 마음은 단호했다.

진무 태극권도 제대로 익히지 못하는 마당에 또 다른 무공을 배울 자신이 없었다.

"말씀은 감사하지만 제가 자신이 없어서요."

"자신이 없어? 뭐가?"

武當霸王
무당
폐왕

"지금 배우는 진무 태극권도 제대로 펼치지 못하고 있거든요. 그런데 검술까지 배우면 성취가 더 느려질 거 같아요. 죄송해요, 사백조님."

공손하고 조심스러운 이소향의 거절에 명천이 입맛을 다셨다.

어떤 의미로 거절한 것인지 이해가 되어서였다.

하지만 이해가 된다고 해서 아쉬운 마음이 사라지는 건 아니었다.

"갑자기 웬 검술입니까?"

"소일거리가 있어야 할 것 같아서 말이다. 다른 녀석이라면 몰라도 너에게는 빚도 있으니까."

"아직은 갚으실 때가 아닙니다. 많이 남아 있는 건 사실입니다만."

"흥. 죽을 때까지 받아 내려고?"

"물론이죠."

유하성이 당연하다는 듯이 대답했다.

그리고 이렇게 말하는 데에는 다른 이유도 있었다.

이왕이면 명천이 천수를 다 누렸으면 싶어서였다.

"제자 앞에서 못 하는 소리가 없다."

"소향이도 사백을 오래 보고 싶어 할걸요?"

"오래오래 같이 있어 주세요!"

이소향이 냉큼 안겼다.

말이 끝나기 무섭게 두 눈을 초롱초롱 빛내며 명천의 품에 파고들었던 것이다.

그 애교에 명천이 헤벌쭉 웃다가 이내 표정을 수습했다.

하지만 이미 유하성은 다 본 상태였다.

"지금은 힘들지만 나중에는 달라질 수도 있으니까요."

"검술?"

"예. 지금은 성장기라 전신을 사용하는 진무 태극권이 좋지만 나중에는 달라질 수도 있지 않겠습니까. 검에 소질이 있을 수도 있고."

"그렇지."

이소향을 품에 안은 채로 명천이 고개를 주억거렸다.

유하성의 제자라고 해서 꼭 진무 태극권만 익혀야 한다는 법은 없었다.

"그러니 그때까지는 건강하셨으면 좋겠습니다."

"저도 그랬으면 좋겠어요, 사백조님."

"허허허."

귀여운 이소향의 부탁에 명천은 너털웃음을 터트렸다.

이렇게 말하니 그로서는 들어줄 수밖에 없었다.

"오래오래 함께해 주세요. 네?"

"그래야지. 암, 누구 부탁인데."

명천은 호탕하게 고개를 끄덕였다.

다른 이도 아니고 사손의 부탁이었다.

그렇기에 명천은 고민하지 않고 받아 주었다.

개인적으로 궁금하기도 했고 말이다.

이른 아침부터 연구동 앞의 연무장은 부산스러웠다.

무당산을 방문한 화산파의 제자들이 매일같이 연무장을 찾아와서였다.

까앙! 까가가강!

오늘도 어김없이 곳곳에서 강렬한 금속음과 충돌음들이 난무했다.

연무장 곳곳에서 비무와 대련이 이어지고 있어서였다.

그중에 가장 인기가 많은 이는 원일과 남궁준, 제갈성이었다.

이제는 셋밖에 남아 있지 않아 구룡이라는 별호가 잊히고 있었지만 그래도 한때 최고의 후기지수라 불리던 이들이었기에 매화검수들은 돌아가며 세 사람에게 비무를 청했다.

"수준이 갑자기 높아졌어요."

"그래서 부담돼?"

"어, 조금은요?"

"이겨 내야 해."

"……가끔 형님을 보면 저를 너무 강하게 키우시려는 것 같아요. 저도 아직 어린데."

유하성의 옆에 서 있던 백현승이 평소답지 않게 투정을 부렸다.

하지만 유하성은 받아 주지 않았다.

만약 백현승이 평범한 소년이었다면 유하성은 투정을 받아 주었을 것이었다.

그러나 백현승이 걸어가야 할 길은 결코 평탄하지 않았기에 유하성은 단호하게 대했다.

"어리광을 부리고 싶은 거냐?"

"가끔 형님께서 제 나이를 망각하시는 것 같아서요."

"전혀."

"저를 대할 때하고 소향이를 대할 때하고 너무 다른 것 같기도 하고요."

"같을 수가 없잖아?"

백현승이 가슴을 부여잡았다.

하지만 그런 백현승의 행동에도 유하성은 미동도 하지 않았다.

백현승도 소중했지만 이소향 역시 소중했다.

게다가 이소향은 백현승보다 한참이나 어렸다.

"너무하세요."

"잘 봐 둬. 보고 싶다고 해서 볼 수 있는 게 아니니까."

"안 그래도 집중해서 보고 있습니다. 지금 당장은 보이는

무당
패왕

게 없어도 나중에는 도움이 될 것 같아서요."

"좋은 마음가짐이야. 근데 다른 사람들의 비무를 보는 것도 좋지만 그게 수련 시간에 영향을 끼쳐서는 안 돼."

"……잠을 줄이고 있어요. 여기 보여요? 눈 밑이 시커메진 거."

백현승이 양손의 검지로 본인의 눈 밑을 가리켰다.

그러나 안타깝게도 유하성은 쳐다보지도 않았다.

"적응되면 편해져."

"으윽!"

시선도 주지 않는 모습에 백현승이 울상을 지었지만 유하성은 단호했다.

수련이 힘든 건 당연한 일이었다.

재미있고 즐거운 사람은 정말 몇 없었으니까.

그게 싫다면 포기하면 되었다.

"오셨습니까."

"아, 예."

조용히 연무장을 지켜보는데 현광이 홀연히 나타났다.

기척도 없이 슬그머니 다가왔던 것이다.

그런 현광의 등장에 백현승이 퍼뜩 놀라며 다급히 포권을 했다.

"좋은 아침입니다, 백 공자."

"아, 안녕하세요!"

담담히 상대하는 유하성과 달리 백현승은 바짝 긴장했다.

유하성과 이춘상이야 매일같이 보는 얼굴이기에 이제는 너무나 편해졌다.

하지만 현광은 달랐다.

화산무제의 대제자이자 차기 장문인으로 내정되어 있는 무인이었기에 백현승은 조심스러웠다.

'나중을 위해서라도 인맥 관리는 필수야!'

백현승은 눈을 반짝거렸다.

이미 유하성이라는 든든한 인맥이 있지만 자고로 다다익선이라고 했다.

차기 화산파의 장문인이 확실한 현광과 좋은 관계를 맺어 둬서 나쁠 건 없었기에 백현승은 옷매무시를 가다듬었다.

"두 눈에 욕심이 그득하구나."

"하하하. 그럴 리가요, 형님."

"형님이요?"

자연스럽게 유하성을 형님이라 부르는 백현승의 모습에 현광이 살짝 놀란 표정을 지었다.

무당파에서 지낸 지 며칠이 지났지만 백현승처럼 유하성을 편하게 대하는 이는 처음 봐서였다.

더욱이 연배도 상당히 차이가 났기에 현광은 고개를 갸웃거렸다.

"아, 사석에서는 호형호제하는 사이입니다. 개인적으로

제가 좋아하기도 하고요."

"오그라드는 말은 하지 말고."

"에이. 제가 형님 좋아하는 거 여기 있는 사람들은 다 알 걸요?"

"그렇다고 굳이 그런 말을 입 밖에 꺼낼 필요는 없지."

"크크크! 부끄러워하시긴."

두 사람의 대화에 현광이 의외라는 표정을 지었다.

그가 생각했던 유하성과는 조금 다른 모습이어서였다.

"시끄럽고, 가서 수련이나 해."

"넵!"

백현승은 눈치껏 물러났다.

아무 이유 없이 현광이 유하성을 찾아올 리가 없다는 걸 잘 알아서였다.

그리고 너무 티 내는 건 하수나 하는 짓이었다.

때문에 자칭 고수인 백현승은 정중하게 현광에게 인사를 하고는 물러났다.

"무당파에 오길 정말 잘한 것 같습니다. 개안(開眼)하는 느낌이라고나 할까요."

"너무 금칠을 해 주시는 것 같습니다."

"절대 그렇지 않습니다. 느낀 그대로를 말씀드린 것입니다. 저뿐만 아니라 사제, 사매 들도 그렇게 생각하고 있고요."

현광이 단호하게 고개를 저었다.

생각했던 것보다 더 많은 걸 보고 느끼고 있어서였다.

게다가 중요한 건 그 혼자만 그걸 느끼는 게 아니라는 점이었다.

"그건 저희도 마찬가지인 것 같습니다. 다른 손님들도 마찬가지고요."

"하하. 그렇죠."

"그래서 말인데, 오늘은 조금 다르게 해 보는 건 어떻습니까?"

"다르게요?"

현광의 눈에 기광이 서렸다.

다르게라는 세 글자에 무언가 기대하는 표정을 지었던 것이다.

하지만 이어지는 말은 그의 기대와는 많이 달랐다.

"일대일이 아니라 합격진으로요."

"합격진이라."

현광이 미간을 좁혔다.

무당파에는 상승절학이라 부르기에 모자람이 없는 대단한 무공들이 많이 있었다.

그러나 합격진은 얘기가 달랐다.

소림사에 백팔나한진이, 개방에 타구진이 있는 것과 달리 무당파에는 딱히 알려진 합격진이 없었다.

"인원이 많지 않기에 제대로 펼치기는 힘들지만 그 또한 경험이 되지 않겠습니까."

"인원수에 맞춰서 합격진으로 겨루어 보자는 말씀이시지요?"

"그렇습니다."

자세히 설명하지 않았음에도 단박에 이해하는 현광의 말에 유하성이 옅게 웃으며 고개를 끄덕였다.

의외로 말이 잘 통하는 것 같아서였다.

하지만 아직 하겠다는 말은 나오지 않았다.

대신 묘한 표정으로 턱을 쓰다듬었다.

"무당파와 합격진이라."

"서로에게 좋은 경험이 될 거라고 생각합니다."

"유 공자님도 함께 하시는 겁니까?"

현광이 직설적으로 물었다.

분명 합격진 대 합격진으로 붙으면 화산파에도 도움이 되는 건 사실이었다.

무당파 정도 되는 문파의 합격진을 직접 상대해 보는 건 분명 좋은 경험이었으니까.

그러나 그 정도로는 조금 부족했기에 현광은 살짝 욕심을 냈다.

"제가 함께하는 것도 나쁘지 않지요. 근데 현광 도장께서는 비무를 더 선호하실 것 같습니다만."

"해 주시는 겁니까?"

현광이 반색했다.

안 그래도 어떻게 말을 꺼내나 고민하고 있던 차였다.

근데 유하성이 먼저 운을 떼자 현광은 그걸 냉큼 물었다.

"못 할 것도 없죠. 하지만 제가 시간이 그리 많지 않은 몸이라."

"그럼 비무를 택하겠습니다."

현광은 고민도 하지 않고 바로 대답했다.

합격진으로 겨룬다고 하더라도 결국에는 그와 유하성 둘의 대결이 될 게 뻔했다.

그렇다면 차라리 처음부터 일대일로 겨루는 게 나았다.

"좋습니다. 그럼 바로 시작하죠."

"합격진부터 겨루는 게 낫겠죠?"

"예. 휴식을 취하면서 보면 되니까요."

현광이 고개를 끄덕였다.

그 역시 같은 생각이었기 때문이다.

잠시 후 유하성의 곁으로 원일과 원상, 원호, 원경이 다가왔다.

"부르셨습니까."

"화산파와 합격진 대결을 펼치기로 했다."

"첫 시연인가요."

대표로 입을 열었던 원일이 눈을 반짝였다.

무당
패왕
武當霸王

개량된 태극진을 선보일 기회가 왔음을 알 수 있어서였다.

그래서인지 곁에 있던 원호와 원상, 원경도 눈을 빛냈다.

"그런 셈이지. 상대가 매화검진이라면 나쁘지 않잖아?"

"아주 좋지요."

유하성의 말에 원호가 가슴을 탕탕 두드렸다.

기대감 반, 자신감 반의 모습이었다.

"화산파 쪽에서도 현광 도장을 제외한 가장 강자들이 나오는 것 같습니다."

"그래서 불리하다고 생각해?"

"아니요."

은근슬쩍 화산파 쪽을 힐끔거리던 원상이 의미심장하게 웃으며 대답했다.

화산파가 강호의 명문이라고 하나 그건 무당파 역시 마찬가지였다.

그리고 현재는 객관적으로 따져 봤을 때 화산파보다 위에 있는 게 무당파였다.

"승패는 중요하지 않아. 하지만 최선을 다해 주었으면 해."

"아, 알겠습니다!"

승부욕을 불태우는 원일과 원상, 원호와 달리 원경은 바짝 얼어 있었다.

강호에 어느 정도 이름이 알려진 원호나 원상과 달리 원경은 무명소졸이나 마찬가지였다.

거기다 상대가 화산파의 매화검수들이 펼치는 매화검진이라 하자 원경은 잔뜩 긴장했다.

"긴장 풀어. 대련도 했으면서 왜 그렇게 얼어 있어?"

"……실망시켜 드리면 안 되니까요."

"져도 되니까 긴장하지 마. 저쪽의 매화검진은 완성된 합격진이야. 하지만 우리의 태극진은 다르지. 아직 개선해야 할 점이 많아. 그렇기에 어떻게 보면 패배하는 게 더 나아. 승리보다 패배했을 때 개선해야 할 점들이 보이니까."

"그렇다고 질 수는 없죠. 저는 무조건 이긴다는 마음으로 겨룰 겁니다."

넷 중 가장 승부욕이 강한 원호가 두 눈을 부릅뜨며 말했다.

이왕이면 지는 것보다 승리하는 게 좋아서였다.

그렇다고 유하성의 말을 부정하지는 않았다.

다만 승리해도 개선할 점을 찾을 수 있다고 생각했다.

'지켜보는 사람이 사숙님이니까.'

원호는 누구보다 유하성을 믿었다.

첫 시작은 좋지 않았지만 지금은 달랐다.

누구보다 존경하고 경외하는 이가 유하성이었다.

그래서 그는 유하성을 실망시키고 싶지 않았다.

"그런 마음가짐으로 하는 것도 좋지. 그렇지만 중요한 건 서로 다치지 않는 거야. 적당한 승부욕은 좋지만, 그 이상은 안 돼."

"명심하겠습니다."

"중심은 원일이 잡아 주고."

"예."

유하성의 시선에 원일이 무겁게 고개를 끄덕였다.

손발은 꽤 오래 맞춰 보았지만 이렇게 타 문파와 부딪치는 건 처음이었다.

그렇다 보니 예상치 못한 상황들이 줄줄이 나올 게 분명했다.

"너무 부담 갖지는 말고. 어떻게 보면 개량한 태극진을 시험하는 것이니까 너무 승부에 연연하지는 마."

"알겠습니다."

원일의 대답에 유하성이 만족스러운 표정을 지었다.

원호와 원경이 실수하더라도 원일이 알아서 중심을 잘 잡아 줄 터였다.

원상이 그 옆에서 보좌해 줄 것이고 말이다.

"저희는 준비 다 되었습니다."

"저희도 준비되었습니다."

원일을 필두로 원상과 원호, 원경이 나서자 화산파 쪽에서도 네 명의 매화검수들이 나왔다.

본래의 위력을 발휘하려면 스물네 명이 펼쳐야 하지만 그렇다고 꼭 숫자에 구애받는 건 아니었다.

그래서인지 나서는 매화검수들의 표정에는 여유가 있었다.

"저놈도 나왔네."

"다 들릴 텐데 놈이라고 하면 안 되지."

"저지른 실수가 있으니 괜찮아. 그래도 면전에서는 존중해 주잖아?"

어느새 다가온 이춘상이 히죽 웃으며 말했다.

그런 그의 시선은 성큼성큼 걸어오는 현우에게 향해 있었다.

"네가 무서우니까 그런 거지."

"내가 잘못한 건 없잖아? 버릇을 고쳐 준 것밖에는 한 게 없는데?"

"그게 좀 과격하긴 했지."

"근데 그래야 정신을 차리니까. 말로 될 거였으면 그 정도까지 안 가지. 안 그래?"

"그건 인정."

유하성은 어깨를 으쓱거렸다.

이 부분은 그도 부정할 수 없어서였다.

"누가 이길 것 같아?"

"쉽지는 않겠지."

"너희 쪽이?"

"응."

사질들이지만 유하성은 냉정하게 판단했다.

원일은 구룡의 일좌를 차지할 정도로 고수였으나 화산파 쪽도 만만치 않았다.

지금 보이는 현우만 하더라도 원일 못지않은 강자인데 나란히 걸어 나오는 세 명의 실력은 원호와 비슷했다.

즉 전체적인 전력은 무당파 쪽이 열세라는 것이었다.

"최정예로 나서기에는 아직 숙달된 인원이 그리 많지 않으니."

"아직은 완성된 게 아니라 개량 중이니까."

"보아하니 방심도 안 할 것 같은데."

마주 보는 여덟 명을 주시하며 이춘상이 턱을 쓰다듬었다.

매화검수들의 표정이 방심과는 거리가 멀어서였다.

오히려 사생결단을 낼 것처럼 진지한 기색이 완연했다.

"그게 예의지. 당연한 거고."

"진짜 승패는 내려놓았구나."

"내가 언제 거짓말한 적 있어?"

"그래도 이왕이면 이기는 게 좋잖아. 너도 같이 손을 본 합격진인데."

"처음부터 완성되는 건 없으니까. 수많은 시행착오 없이 완성되는 게 더 불안해."

유하성은 단호하게 말했다.

수많은 실패 끝에 다다르는 게 성공이었다.

그렇기 때문에 시행착오가 없다면 오히려 불완전하다고 생각했다.

"너무 냉정하다니까."

"그래도 응원은 해. 네 말대로 이길 수도 있는 거니까."

냉정하게 말했지만 유하성 역시 사람이었다.

당연히 지길 바라지는 않았다.

다만 객관적으로 따져 봤을 때 질 가능성이 크다고 생각하는 것뿐.

"맞아. 패는 까 봐야 아는 거니까. 대련은 제법 해 봤어도 합격진은 처음이기도 하고. 혼자만 잘해서 되는 게 아니니까."

"그렇지."

변수가 없지는 않았기에 유하성은 사질들이 무조건 질 거라고는 생각하지 않았다.

이춘상의 말대로 결과는 나오기 전까지 모르기도 하고.

"그러니까 초를 치는 얘기는 하지 말고 조용히 응원하며 지켜보자고."

"나는 초 치는 말은 하지 않았는데. 네 말에 대답했을 뿐."

"아, 그랬나?"

이춘상이 천연덕스러운 표정을 지었다.

정말 기억이 나지 않는다는 듯이 말이다.

그 모습에 유하성은 피식 웃으며 서로 인사하는 여덟 명을 응시했다.

"알지? 난 무당파 편이다. 이건 확실하게 말해 줄 수 있어."

실소만 흘리는 유하성을 향해 이춘상이 손으로 입가를 가리며 작게 말했다.

하지만 그런 이춘상의 말에도 유하성은 여전히 대답하지 않았다.

굳이 대답할 필요성을 느끼지 못해서였다.

"잘 부탁드립니다."

"저희야말로 잘 부탁드립니다."

먼저 고개를 숙이며 정중하게 인사해 오는 현우의 모습에 원일이 대답하면서도 눈썹을 꿈틀거렸다.

처음 연구동에 왔을 때와는 달라도 너무 다른 모습이어서였다.

그러나 첫인상이 워낙에 강렬했기에 원일은 여전히 현우가 탐탁지 않았다.

그리고 그건 나란히 서 있던 원호와 원상, 원경도 마찬가지였다.

"······잘 부탁드립니다."

그걸 증명하듯 세 사람 다 현우에게는 무미건조하게 인사했다.

정말 싫은 티를 팍팍 내면서 말이다.

그런데 세 사람이 싫어하는 티를 대놓고 냈음에도 현우의 신색은 담담했다.

마치 이런 반응을 스스로도 인정한다는 듯이 말이다.

"그럼 시작할까요?"

"예."

실력은 현우 다음이지만 항렬은 넷 중에 가장 높은 현중이 특유의 푸근한 미소를 지으며 입을 열자 원일도 옅게 웃었다.

이윽고 양쪽이 빠르게 자리를 잡았다.

각자 검을 뽑고서 진형을 구축했던 것이다.

동시에 양쪽에서 예리한 기세가 솟구쳤다.

'반드시 이긴다.'

태극진의 중심이자 선두에 선 원일이 두 눈을 형형하게 빛냈다.

이번 대결은 단순한 대결이 아니었다.

무당파의 자존심이 걸려 있었기에 원일은 반드시 이길 생각이었다.

유하성은 개량시키는 과정인 만큼 승패에 연연하지 말라

고 했지만 원일의 생각은 달랐다.

'사문과 사숙님의 자존심이 걸려 있는 승부다.'

원일도 알고 있었다.

합격진의 완성도를 떠나 개개인의 실력이 눈앞에 있는 네 명의 매화검수들을 압도하지 못한다는 사실을 말이다.

그나마 그만이 승리를 자신할까 말까 하는 정도였다.

원호와 원상이 많이 강해지기는 했으나 객관적으로 전력은 이쪽이 열세였다.

'그러나 여기는 우리 앞마당이다. 그리고 네 명이 합격진을 펼치는 만큼 변수는 얼마든지 일어날 수 있어.'

원일은 냉정하게 생각했다.

전력은 확실히 열세였으나 그렇다고 이쪽이 무조건 불리한 건 또 아니었다.

예상치 못한 순간에 발생하는 변수를 잘만 이용한다면 원일은 충분히 승산이 있다고 생각했다.

-집중해라.

-예.

-알겠습니다.

-예!

다시 한번 각오를 다지며 원일은 사제들에게 전음을 보냈다.

그러자 기다렸다는 듯이 대답이 들려왔다.

그와 마찬가지로 바짝 날이 선 목소리가 말이다.

'녀석들.'

보지 않아도 목소리만으로 원일은 알 수 있었다.

사제들의 각오를 말이다.

스윽.

든든하게 뒤를 지켜 주는 사제들의 기도를 느끼며 원일은
상대 진형을 뚫어져라 쳐다봤다.

그러고는 곧바로 달려들었다.

'선수필승!'

파파팟!

별다른 지시를 하지 않았음에도 원일이 땅을 박차자 기다
렸다는 듯이 원호와 원상, 원경도 몸을 날렸다.

마치 미리 약속이 되어 있던 것처럼 일제히 매화검수들을
향해 쇄도했던 것이다.

"가자!"

그 모습에 현중 역시 사제들을 이끌고 뛰쳐나갔다.

화산파의 자랑스러운 매화검수로서 그는 물러날 생각이
없었다.

원일과 마찬가지로 사문의 자존심이 걸려 있다고 생각했
기에 현중은 일고의 가치도 없다는 듯이 정면승부를 선택
했다.

파아앗!

지금까지의 비무와 마찬가지로 이번 대결 역시 내공은 사용하지 않기로 했다.

오로지 육체적인 능력과 검술로만 겨루기로 사전에 약속을 했기에 여덟 명의 검에서는 내력이 전혀 느껴지지 않았다.

하지만 그렇다고 해서 가벼워 보이는 건 절대 아니었다.

내공만 사용하지 못할 뿐이지 신체적인 능력은 모두 사용할 수 있었기에 여덟 명은 체중과 반동, 그리고 속도를 이용해 상대를 공략했다.

츠츠츠츠!

특히 네 명의 매화검수들이 펼치는 매화검진은 화려함의 극치였다.

분명 똑같이 내공을 사용하지 않는데도 매화검수들이 펼치는 검세는 현란했다.

내력을 사용하지 않아 생기는 공백을 서로서로 메워 주는 느낌이라고나 할까.

그 정도로 단 네 명이서 펼치는 이십사수매화검법은 섬뜩할 정도로 아름다웠다.

"흐읍!"

"차합!"

그러나 눈부신 파상공세에도 무당파의 네 사람은 조금도 흔들리지 않았다.

오히려 더욱 저돌적으로 달려들었다.

넷이 동시에 현허칠성검법을 펼치며 정면으로 쇄도했던 것이다.

따아앙! 따앙!

이윽고 딱 중간에서 격돌한 여덟 명에게서 쉴 새 없이 금속음이 터져 나왔다.

양측 다 한 치의 물러남도 없이 맹공을 퍼부었던 것이다.

그런데 전술은 조금 달랐다.

넷이 똘똘 뭉쳐 있는 매화검수들과는 달리 무당파 측은 계속해서 움직였다.

까앙! 깡!

정면에서 검격을 나누다가도 네 명은 반으로 나누어져서 매화검수들의 측면을 공격했다.

너무나 자연스럽게 둘씩 분리가 되었던 것이다.

한데 놀라운 건 그게 밀려서 나뉜 게 아니라 일부러 분리가 된 것이었다.

원일과 원경, 원상과 원호로 이루어진 두 개의 조는 창졸간에 나뉘어 매화검수들의 측면을 공격했다.

"흡!"

매서운 이십사수매화검법을 부드럽게 받아 내던 무당파의 네 사람이 순식간에 둘로 나뉘어 측면을 노리자 현중과 현우는 당황했다.

지금껏 보아 온 무당파의 태극진과는 궤를 달리해서였다.

하지만 더 놀라운 건 두 개로 나뉘었음에도 네 명이 뿌리는 검세가 조금도 약해지지 않았다는 점이었다.

마치 처음부터 계획되어 있었다는 듯이 조금의 어색함도 없이 둘로 나뉜 네 사람은 그들을 향해 검을 맹렬하게 휘둘렀다.

따다다당!

매화검수들의 검세처럼 화려하거나 날카롭지는 않지만 대신 네 사람이 펼치는 현허칠성검에는 진중함과 유려함이 있었다.

우직하면서도 부드럽게 파고드는 검격은 매화검법의 단점을 정확히 파고들었다.

'몰리면 안 된다.'

현중의 눈빛이 무거워졌다.

무당파의 전술은 확고했다.

정확하다 못해 예리할 정도로 이십사수매화검법의 단점을 파고들었다.

내력을 사용하면 지금의 단점을 메울 수 있었으나 아쉽게도 지금은 공력을 사용할 수 없었다.

그렇기에 현중은 사제들에게 수신호를 보냈다.

파파파팟!

현중의 왼손이 등 뒤로 움직여서 수신호를 보내자 세 사람의 움직임이 달라졌다.

더불어 검세 역시 변했다.

한 치도 밀리지 않고 맞받아쳤던 검세가 미묘하게 바뀌었다.

스극! 슥!

충돌을 최대한 피하며 태극진의 빈틈을 노렸던 것이다.

환검은 기본적으로 속검(速劍)이 되어야 했다.

그리고 그건 달리 말하면 쾌검도 가능하다는 소리였다.

즉 현중은 변화를 포기하고 쾌검을 선택했다.

"큽!"

삽시간에 변한 공세에 원일의 두 눈이 휘둥그레졌다.

벼락처럼 번뜩이는 검격이 머리, 가슴, 단전을 노려서였다.

환영이 아닌 실체로 이루어진 삼연격에 원일 역시 속도를 올렸다.

쇄도하는 삼연격을 똑같이 받아치기 위해서였다.

카아앙!

그러나 매화검법의 속도를 따라잡기에는 살짝 부족했는지 원일이 휘청거렸다.

혼자였다면 맞받아치기보다는 피했겠지만 옆에 원경이 있기에 원일로서는 어쩔 수 없었다.

"헙!"

하지만 원일의 노력에도 불구하고 원경이 주저앉았다.

맹렬하게 파고드는 쾌검을 피하다가 균형을 잃은 것이었다.

그리고 그 틈을 화산파의 제자는 놓치지 않았다.

현우가 원일을 상대하는 사이 완벽하게 원경을 제압했다.

스윽.

"……졌습니다."

"고생하셨습니다."

목 바로 앞까지 다가온 서늘한 검극에 원경이 원통한 얼굴로 힘겹게 대답했다.

지금의 패배가 자신의 부족함 때문이라는 사실을 잘 알아서였다.

"괜찮아."

"……죄송합니다, 대사형."

"죄송할 게 어디 있어. 패배는 누구나 할 수 있어."

얼굴 가득 송구스러운 표정을 짓는 원경을 원일은 달래 주었다.

패배했다는 사실에 그 역시 속이 쓰렸지만 그걸 겉으로 티 내지는 않았다.

그런 티를 내는 순간 원경이 더 비통해하리라는 걸 잘 알아서였다.

"크윽!"

"칫!"

원일과 원경이 패배를 인정한 것과 동시에 원호와 원상의 조도 결과가 나왔다.

분전하기는 했으나 결국 두 사람도 패배하고 말았던 것이다.

그러나 둘의 상황은 원일, 원경의 조와 조금 달랐다.

정말 한 끗 차이로 패배했던 것이다.

"수고하셨습니다."

"……고생하셨습니다."

원호와 원상의 검은 각각 현중과 현규의 심장과 단전에 향해 있었다.

하지만 문제는 거리였다.

현중과 현규의 검극이 두 사람의 목과 심장에 종이 한 장 차이로 멈춰 선 것과 달리 둘의 검은 한 뼘 가까이 간격이 있었다.

그렇기에 원상과 원호는 분하지만 패배를 인정할 수밖에 없었다.

"서로에게 유익한 시간이었다고 생각합니다."

"한 수 잘 배웠습니다."

정중하게 인사해 오는 현중을 향해 원일도 마주 답례했다.

씁쓸하지만 결과에 승복하는 것 또한 무인이 가져야 할 덕목 중 하나였다.

패배는 병가지상사라는 말도 있었고.

"저희야말로 느끼고 배운 게 많습니다."

패배했음에도 예의를 잃지 않는 원일의 모습에 현중이 엷게 웃었다.

인정할 건 인정하는 모습에서 무인다운 면모를 엿볼 수 있어서였다.

"근데 한 번으로 끝내기에는 아쉽지 않나?"

"음?"

그런데 그때 멀찍이 떨어져서 지켜보던 이춘상의 목소리가 연무장을 갈랐다.

조용한 연무장을 낭랑한 음성이 가로질렀던 것이다.

그리고 그 말에 현광이 눈을 껌뻑거렸다.

"꼭 한 번만 겨뤄 보라는 법은 없잖아? 원일 진인은 티가 안 나지만 다른 세 명은 얼굴에 아쉬운 기색이 완연한데."

"하긴. 한 번만 해야 한다는 규칙은 없지요."

이어지는 이춘상의 말에 현광이 고개를 주억거렸다.

그 역시 한 번으로는 아쉽다는 생각이 들어서였다.

게다가 원일의 입장에서도 또다시 붙는 건 결코 나쁘지 않았다.

태극진은 아직 완성되지 않은 상태이기에 시행착오는 많으면 많을수록 좋았다.

'다음번에는 다를 수도 있으니까.'

물론 가장 큰 이유는 승부욕이었다.

결과에는 승복하지만 그렇다고 설욕하고 싶은 마음이 없는 건 절대 아니었다.

"저는 좋습니다."

"저도요."

"이대로는 잠을 못 잘 것 같아요."

원상과 원호, 원경 역시 원일과 같은 마음이라는 듯이 입을 열었다.

불감청 고소원이었다는 듯이 말이다.

그 후는 일사천리였다.

여덟 명 다 아직은 체력이 남아 있었기에 다시 붙었다.

까가가강!

서로 아무것도 모르던 첫 번째 대결과 달리 이제는 서로 겪어 보았기에 전술이 계속해서 바뀌었다.

그 짧은 사이에 상대를 공략할 방법을 궁리한 모양인지 머리싸움과 수 싸움이 끊임없이 이어졌던 것이다.

"진짜 악착같이 하네. 사문의 자존심이 걸려 있어서 그런가."

"저렇게까지 안 해도 되는데 말이지."

"너는 그렇게 생각할지 몰라도 저기 여덟 명은 다를걸. 비무라 해도 지기 싫은데 지금은 사문의 자존심이 걸려 있는 거니까. 그것도 그냥 문파도 아니고 무당파와 화산파인데."

이춘상이 키득거렸다.

대수롭지 않아 하는 유하성과 달리 여덟 명은 어떻게든 이기고 싶을 터였다.

특히 한 번 진 무당파의 네 명은 더더욱.

개개인의 자존심을 넘어 사문의 자존심이 걸려 있는 만큼 여덟 명 다 기를 쓰고 맹공을 펼쳤다.

"하긴. 지는 것보다는 이기는 게 낫지."

"근데 왜 그렇게 말했어?"

"부담을 주고 싶지 않아서."

"적당한 부담은 집중력을 끌어올리는 법인데."

"오히려 마음을 내려놓는 게 제 실력을 발휘하기에는 좋으니까. 상대방과 똑같이 부담감에 짓눌릴 필요는 없지."

유하성이 괜히 아무렇지 않다는 투로 말한 게 아니었다.

그 나름대로 조언을 해 준 것이었다.

유하성도 무당파의 제자이니만큼 사질들이 지길 바라지는 않았다.

"허어. 거기까지 생각했단 말이지?"

"나 역시 사질들이 이기면 좋으니까. 나도 함께 손본 태극진이기도 하고."

"기본 뼈대는 어르신들이 만들었어도 전체적인 방향은 네가 잡았다고 하던데?"

"다 같이한 거지."

유하성이 겸손하게 말했으나 이춘상은 피식 웃었다.

그도 귀가 있고 눈이 있었다.

자세한 내용은 몰라도 전체적인 분위기나 흐름은 눈치로 알았다.

태극진의 개량에 있어 유하성이 핵심이라는 사실을 말이다.

"어떻게 하면 그렇게 뚝딱 만들 수 있는 거야?"

"뚝딱이라니. 아직 갈 길이 멀다."

"얼마 안 걸릴 거 같은데. 근데 잠은 좀 자냐?"

"충분히 자고 있다."

"내가 이길 때까지 넌 죽으면 안 된다."

이춘상이 농담조로 말했다.

그러나 반쯤은 진담이기도 했다.

죽기 전에 한 번 정도는 꼭 유하성을 이기고 싶었다.

넘어서면 더 좋겠지만 그게 힘들다면 딱 한 번은 이겨 보고 싶었다.

"덕담인지 저주인지 모르겠네."

"그냥 내 바람인데."

"나에게는 저주처럼 들리는데."

"나한테는 아주 중요해. 난 넌 꼭 한번 이겨 보고 싶다. 근데 그건 저짝도 마찬가지인 것 같아."

이춘상이 한곳을 향해 눈짓했다.

사제들이 피 터지게 대결을 하고 있음에도 현광은 이쪽을 힐끔거리고 있었다.

정확하게는 옆에 서 있는 유하성을 말이다.

"아직 겨루지도 않았는데."

"비무를 해 줄 마음은 있고?"

"못 할 건 없지. 다만 그게 언제가 될지는 모르지만."

"진짜 사악하다니까."

이춘상이 몸을 부르르 떨었다.

유하성과 비무하기까지 걸린 시간이 떠올라서였다.

심지어 남궁준은 이 년이 넘게 걸렸었다.

"사악하다니. 상황과 여건을 보고 결정하는 것뿐인데."

"그래서 사악하다는 거다. 그나저나 애 좀 많이 타겠네. 멍청한 사제만 아니었어도 일이 이렇게 꼬이지는 않았을 텐데."

이춘상이 안되었다는 듯이 말했다.

하지만 그의 어조 어디에서도 동정이나 연민은 느껴지지 않았다.

"흠."

반면에 유하성은 오직 여덟 명의 대결에만 집중했다.

특히 사질들이 펼치는 태극진을 말이다.

최선을 다해 태극진을 펼치고 있는 만큼 유하성은 집중해서 모든 상황을 머리에 담았다.

"아빠!"

"어이쿠!"

무더운 날씨에 땀이 주룩주룩 났지만 황만덕의 얼굴은 밝았다.

반갑게 맞아 주는 막내아들 때문이었다.

물론 평소와는 다르게 격렬하게 달려들었기에 순간 균형을 잃었지만 그간 축적해 온 살들 덕분에 가까스로 넘어지는 것만은 면했다.

"보고 싶었어요!"

"나도 보고 싶었단다, 주성아."

들이박듯이 달려든 황주성을 안아 주며 황만덕이 환하게 웃었다.

그러면서 그는 황주성의 몸 곳곳을 살폈다.

오랜만에 만난 만큼 어디 다친 곳은 없는지, 못 본 사이에 얼마나 자랐는지 확인하는 것이었다.

"안녕하세요, 장주님."

"사석인데 편하게 하거라. 우리밖에 없지 않더냐. 허허허."

황주성과 달리 깍듯하게 예의를 차리는 황주연의 모습에 황만덕이 인자하게 웃었다.

딸의 성격을 모르는 건 아니지만 그래도 가족들만 있는 자리에서 이렇게까지 할 필요는 없다고 생각해서였다.

"그럴까요?"

"그래. 편하게 해. 우리들만 있는데."

"알겠어요."

"아비가 늦게 와서 미안하다. 나도 와서 힘을 실어 주었어야 했는데."

간단하게 해후를 마친 황만덕이 미안한 표정을 지으며 말했다.

가뜩이나 경쟁자가 만만치 않은데 아비로서 제대로 도와주지 못한 것 같아서였다.

"괜찮아요. 아버지께서 오셨다고 해서 상황이 달라지지는 않았을 거예요."

"보고는 받았다."

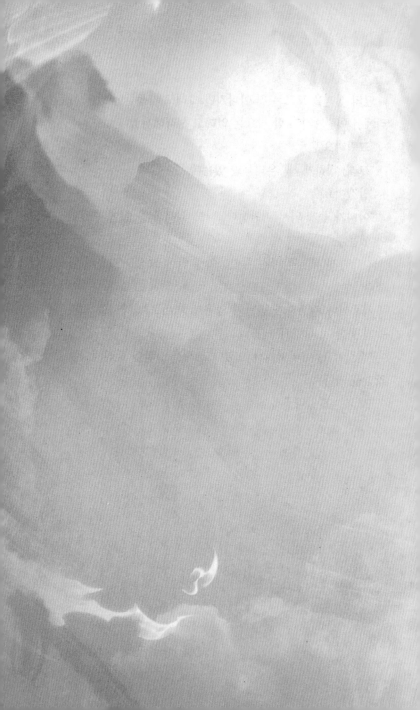

제71장 패왕이라 불리는 자

고개를 주억거리며 황만덕이 황주연의 표정을 살폈다.

말은 괜찮다고 해도 속마음은 그렇지 않을 게 뻔해서였다.

더구나 제갈령령과 남궁희수에게 힘을 실어 준 게 제갈세가주와 남궁세가주였다.

그중 남궁세가주는 당대의 천하십대고수이자 검제라 불리는 이였기에 상황은 달라지지 않았어도 황주연이 받은 압박감은 상당할 터였다.

"정말 괜찮아요. 처음부터 예상하기도 했고요. 특히나 남궁 대협께서는 유 공자님과 인연도 있으니까요."

"그렇긴 하지. 그래서 의외인 게 제갈세가와 서문세가이기도 하고."

황만덕이 입맛을 다셨다.

사실 가장 먼저 유하성의 가치를 알아본 건 그였다.

그런데 어느 사이에 제갈세가와 남궁세가, 서문세가가 끼어들었다.

"알고 보니 지난 용봉회 때 제갈 소저가 선전포고를 한 것 같더라고요."

"누구에게? 너에게?"

"남궁 소저에게요."

"허참."

황만덕이 어처구니없다는 듯이 콧김을 내뿜었다.

그런 그에게 황주연은 잘 우러나온 차를 따라 주었다.

"나도!"

"천천히 마셔."

"응!"

아빠와 누나의 대화가 심상치 않다는 걸 느낀 모양인지 황주성은 얌전히 황주연이 따라 준 차를 홀짝였다.

나름 두 사람의 대화에 집중하면서 말이다.

하지만 황만덕은 뜨끈한 차를 마셨음에도 흥분이 가라앉지 않는지 눈썹을 연신 꿈틀거렸다.

"그때부터 준비를 했단 말이지."

"제가 더 빨리 움직였어야 했는데. 죄송해요."

"아니다. 네 잘못이 아냐. 나 역시 너와 같은 생각이었으니까. 다만 우리보다 제갈세가가 좀 더 빨랐을 뿐이지."

황만덕이 아쉬운 표정을 지었다.

누구보다 먼저 유하성의 가치를 알아본 건 그였다.

그렇기에 황만덕은 속이 상당히 쓰렸다.

이것저것 따진 게 실수로 이어진 것 같아서였다.

"조금 늦긴 했지만 그렇다고 불리한 건 아니에요."

"얘기는 들었다. 아직 누구도 확답을 듣지 못했다고?"

"네."

"그런데도 셋 다 떠날 생각을 하고 있지 않단 말이지."

턱을 긁적이며 황만덕이 중얼거렸다.

다른 곳도 아니고 무려 무림오대세가 중 두 곳이었다.

그중 남궁세가는 천하제일가라 불릴 정도로 오대세가 중 수좌에 꼽히는 가문이었다.

한데 그 남궁세가주의 금지옥엽이, 무림삼화 중 소화라 불리는 남궁희수가 자존심을 버려 가며 무당산에 머물고 있었다.

"제가 보기에는 끝까지 남아 있을 것 같아요. 이미 돌아가기에는 너무 멀리 오기도 했고요."

"그렇지. 소문이 날 대로 났으니까. 물론 아무 일도 없었던 만큼 잘 안 되더라도 셋 다 좋은 곳으로 시집을 가겠지만, 그래도 있던 사실이 말끔히 지워지는 건 아니니까."

염문설은 아무래도 남자보다는 여인에게 치명적일 수밖에

없었다.

정조와 순결에 아무런 문제가 없다고 해도 지금의 소문은 세 여인이 죽을 때까지 쫓아다닐 것이었다.

보이지 않는 낙인이 찍히는 것과 다름없었다.

그리고 그걸 황주연은 물론이고 나머지 세 여인도 알고 있었다.

"반대로 말하면 그럼에도 유 공자님을 붙잡고 싶다는 뜻이겠지요."

"거기서 한 번 더 생각하면 유 공자님이 그렇게나 대단한 인물이라는 뜻이지. 천하의 남궁세가, 제갈세가가 안달복달 할 만큼 말이지."

"맞아요."

황주연이 깊게 동조하듯 고개를 주억거렸다.

사실 처음에는 유하성에게 별다른 감정이 없었다.

유하성과 맺어지는 게 그녀에게, 그리고 금와장에게 도움이 된다고만 생각했었다.

그러나 지금은 달랐다.

여자로서가 아니라 한 명의 사람으로서 유하성을 존경하게 되었다.

단순히 무공이 뛰어나서가 아니라 한 명의 인간으로서 말이다.

"편지로도 물었지만, 후회하지 않느냐?"

"네. 이제는 제가 포기하고 싶지 않아요."

"좋다. 그럼 이제부터 제대로 밀어주마."

황만덕이 눈을 번뜩였다.

적어도 돈에 있어서는 남궁세가와 제갈세가를 압도하는 게 금와장이었다.

그렇기에 황만덕은 돈이 가지고 있는 힘, 금력을 제대로 보여 주기로 마음먹었다.

"나도 응원할게, 누나!"

"유 공자님이 좋아서 그런 건 아니고?"

"헤헤! 그것도 있고."

잠자코 아빠와 누나의 대화를 듣고 있던 황주성이 귀엽게 웃으며 대답했다.

눈치껏 대화가 마무리되어 가는 걸 느끼고 입을 연 것이었다.

"그렇게 유 공자님이 좋아?"

"응! 재미있어! 잘 챙겨 주시기도 하고!"

"솔직히 말해 봐. 소향이가 좋아서 그런 건 아니고?"

"아, 아니거든! 물론 그렇다고 소향이가 싫은 건 아니지만……."

누가 봐도 당황한 표정으로 황주성이 말을 더듬었다.

붉게 달아올라 금방이라도 터질 것 같은 얼굴을 하고서 말이다.

그런 황주성의 모습에 황만덕이 인자하게 웃었다.

적응을 잘한 걸 넘어 정말 잘 지내는 것 같아서였다.

'역시 보내길 잘했어.'

황만덕은 자식들을 부족함 없이 키웠다.

그럴 능력도 있었고, 자식들에게는 자격이 있다고 생각해서였다.

그런데 돌이켜 생각해 보면 그게 잘못된 생각 같았다.

어쩌면 부족함 없이 키웠기에, 모든 걸 다해 주었기에 삐뚤어졌을지도 모른다는 생각이 들었다.

'반면에 무당산에서는 다르지.'

무당산이라고 해서 황주성이 궁핍한 생활을 하지는 않았다.

장소가 바뀌었다고 그의 적자인 게 아닌 건 아니니까.

다만 중요한 건 환경이었다.

본가였다면 무소불위에 가까운 삶을 영위했겠지만 무당산에서는 달랐다.

유하성이 있었고, 장문인이 있었으며, 무당검선이 있었다.

그렇기에 오만방자함이 스며들 틈이 없었다.

'거기다 또래도 있으니.'

금와장에서는 형제나 부모를 제외하면 전부 아랫사람이었다.

물론 나이가 어리다고 해서 신분의 격차를 모르는 건 아니지만 중요한 건 또래가 있고, 또 비슷한 신분을 가진 친구나 동생, 형, 누나 들이 있다는 점이었다.

책이나 가르침이 아닌 직접 보고, 겪고 있기에 느끼는 것도 많을 터였다.

"근데 말은 왜 더듬어?"

"아, 안 더듬었는데?"

"지금 더듬었는데?"

"누나가 잘못 들은 거야!"

황만덕은 절대 아니라는 듯이 소리치는 황주성의 모습에 흐뭇하게 웃었다.

기대했던 대로, 아니 그 이상으로 이곳에서 잘 지내는 것 같아서였다.

더불어 자신의 선택이 옳았다는 것도 확인했다.

"그런데 왜 이렇게 크게 소리를 칠까? 혹시 이런 말 들어 봤니? 강한 부정은 강한 긍정과도 같다는 말."

"처음 듣는데?"

"너 거짓말하면 티 엄청 나는 거 알고 있니?"

"진짜 처음이거든!"

황주성이 뜨끔한 표정을 지었다.

그러나 인정하지는 않았다.

여기서 인정하는 순간 모든 게 물거품이 된다는 걸 너무나 잘 알아서였다.

"소향이라면 유 공자님의 제자를 말하는 거지?"

"네."

"다섯 살이라고 했나?"

"지금은 여섯 살이에요."

"두 살 차이로구나."

황만덕이 은근한 미소를 지으며 황주성을 쳐다봤다.

마치 아들의 속마음을 다 안다는 듯이 말이다.

하지만 그걸 입 밖에 꺼내지는 않았다.

"애가 참 착해요. 속도 깊고요. 정말 괜찮은 아이예요."

"그 정도야?"

"네."

황주연의 칭찬에 황만덕이 고개를 주억거렸다.

하긴 그 정도이니까 유하성이 제자로 선택했을 터였다.

한 분야에 일가를 이룬 이가 허투루 제자를 받아들일 리 없을 테니까.

다만 조금 아쉬웠다.

'이왕이면 주성이가 되었으면 했는데.'

넓은 세상과 다른 세상이 있다는 걸 알려 주기 위해서, 직접 체감해 보라고 황만덕은 아들을 무당산에 보냈다.

그리고 그 결과는 그의 예상보다 훨씬 좋았다.

하지만 한 가지만 보고 무당산에 보낸 건 절대 아니었다.

그는 장사꾼이었기에 그 이상을 보고 투자했다.

'물론 아직 끝난 건 아니지만.'

결과는 아직 나오지 않았다.

유하성의 입에서 안 된다는 말이 나온 것도 아니니까.

거기다 황주성은 아직 어렸다.

아예 무공에 입문하지 않았다면 모르겠으나 황주성은 제법 괜찮은 무사부들에게서 어렸을 때부터 기초를 탄탄히 다져 왔기에 내년까지는 괜찮았다.

'너무 늦어도 좋지는 않지만, 그래도 해 볼 수 있는 데까지는 해 봐야지.'

포기하기에는 몇 번을 생각해도 아까웠다.

그렇다면 갈 수 있는 데까지는 가는 게 맞았다.

더욱이 황주연도 결과가 나오지 않은 상태였고.

"주성이와 사이도 좋은 편이에요. 솔직히 말씀드리면 소향이의 성격이 유순해서 사람들과 두루두루 잘 지낸다고 할까요."

"그래?"

"네. 제가 보기에는 주성이가 소향이를 더 좋아하는 것 같지만요."

"소향이도 나 좋아하는데?"

미지근하게 식은 차를 맛있게 홀짝이던 황주성이 반박했다.

일방적인 호감이 아니라고 생각해서였다.

그러나 황주연의 생각은 조금 달랐다.

"다른 오빠들 대하는 것과 똑같잖아."

"어……. 그런가?"

"네가 둔해서 그래."

"나 안 둔한데?"

"둔해. 네 또래보다 더."

황주연이 단호하게 말했다.

사랑하는 동생이지만 그래도 아닌 건 아닌 것이었다.

무조건 포용해 주는 것만이 답은 아니었기에 황주연은 확실하게 말해 주었다.

"그럼 다르게 하려면 어떻게 해야 해?"

"흐음?"

그런데 가슴 아픈 말에도 황주성은 흥분하기보다는 그녀에게 조언을 구했다.

지금까지와는 다르게 말이다.

그 모습에 황주연은 물론이고 자식들의 대화를 가만히 듣고 있던 황만덕도 살짝 놀란 표정을 지었다.

이런 황주성의 모습은 처음이었기에 둘 다 놀란 것이었다.

"누나는 방법을 알고 있을 거 아냐."

"알고는 있는데, 그게 정답이라고 자신할 수는 없으니까. 내가 소향이의 마음과 생각을 전부 다 알고 있는 건 아니니까."

"그래도 말은 해 줘. 내가 하는 것보다는 나을 것 같아. 난 누나를 믿어."

황주성이 두 눈을 초롱초롱하게 빛냈다.

신뢰가 가득한 남동생의 눈빛에 황주연은 자기도 모르게 입을 열었다.

촌철살인을 하긴 했으나 황주성은 같은 엄마를 둔 하나뿐인 동생이었다.

형제들 중에 가장 믿을 수 있고, 누구보다 사랑하는 동생이었기에 황주연은 진심을 담아 조언을 해 주었다.

또르륵.

"오랜만입니다, 장주님."

"예. 용봉회 이후로 처음이니 일 년 가까이 된 듯싶습니다."

유하성이 따라 주는 차를 정중하게 받으며 황만덕이 대답했다.

그러고는 새삼스러운 눈빛으로 유하성을 쳐다봤다.

작년에 만났을 때만 하더라도 유하성은 강호에서 손꼽히는 신진고수였다.

그러나 고작 일 년 사이에 유하성의 위상은 완전히 달라졌다.

'내가 사람 볼 줄은 안다니까. 허허허.'

그의 찻잔을 채워 준 후 자신의 찻잔에 차를 따르는 유하성을 보며 황만덕은 내심 뿌듯한 마음이 들었다.

처음 용봉회에서 만났던 유하성은 알아보는 이 하나 없던 강호초출이었다.

하지만 지금은 달랐다.

무림을 뒤흔드는 거물 중의 거물이 되어 있었다.

"서찰로도 말씀드렸지만 복건성의 일, 신경 써 주셔서 감사합니다. 만나게 되면 직접 감사 인사를 드리고 싶었습니다."

"아이고, 감사 인사라니요. 저는 절대 그걸 받고자 도와드린 게 아닙니다. 장사꾼으로서 대청표국에 투자를 한 겁니다. 제가 가장 잘하는 게 사람에게 투자를 하는 것이니까요."

황만덕이 황급히 손사래를 쳤다.

결코 이런 인사를 받자고 도움을 준 게 아니었다.

그러나 이런 말이 또 싫지만은 않았다.

자신이 한 행동을 유하성이 알아주고 있다는 뜻이기도 하기에.

"그래도 감사한 건 감사한 일이니까요. 만약 장주님께서 신경 써 주시지 않았다면 현승이가 지금처럼 수련에만 집중하지는 못했을 겁니다. 저 역시 마음이 편치 않았을 테고요."

"서로에게 도움이 될 거라고 생각했기에 연락을 드린 것뿐입니다. 이런 감사 인사는 조금 과한 것 같습니다. 허허허."

한 번 더 손사래를 치면서 황만덕이 말했다.

하지만 표정과 달리 황만덕의 얼굴에는 미소가 가득했다.

선의를 당연하다고 생각하는 사람이 있는 반면에 작은 선의를 대단히 감사하게 여기는 사람도 있었다.

유하성은 그중에 당연 후자였다.

"서로에게 도움이요? 장주님께 이득이 있습니까?"

유하성의 얼굴에 의아함이 떠올랐다.

아무리 생각해 봐도 황만덕이 얻는 이득이 없어서였다.

"제 안목을 다른 사람들도 확인하지 않았습니까. 이것만 해도 제 가치를 증명했는데 거기에 주연이와 주성이도 유 공자님께서 챙겨 주시지 않습니까."

"그 정도로는 부족하다고 생각합니다만."

유하성이 고개를 갸웃거렸다.

분명 황만덕 정도 되는 이에게 스스로의 능력을 증명한다는 건 대단히 중요한 일이었다.

더욱이 사람을 만나고, 상대해야 하는 황만덕에게는 말이다.

그러나 황만덕은 이미 상계의 거물이었다.

때문에 굳이 스스로의 능력이나 가치를 증명할 필요는 없었다.

자기만족이라면 또 모를까.

"저에게는 충분합니다. 허허허."

"두 사람이야 제가 돌본다기보다는 알아서 잘 지내는 편이기도 하고요. 아, 혹시?"

뿌듯한 미소를 머금고 있는 황만덕을 바라보던 유하성이 눈을 껌뻑였다.

순간적으로 떠오르는 게 있어서였다.

"말씀하시지요."

"……혼사 때문이십니까?"

"절대 그런 뜻은 아닙니다. 물론 주연이와 유 공자님이 맺어진다면야 저는 두 팔 벌려 환영하겠지만 남녀 사이는 제삼자가 관여하는 게 아니니까요. 거기다 혼인은 집안 대 집안의 일이지 않습니까. 제가 어떻게 할 수 있는 문제가 아니지요."

황만덕이 겸손하게 말했다.

다른 곳도 아니고 금와장의 주인이 그였다.

하지만 무당파 역시 금와장과 비교하면 절대 꿀리지 않았다.

일단 유하성 자체만으로도 무게추가 기울어졌고 말이다.

황주연의 신분도 어디 가서 꿀리지 않았지만 상대가 유하성이라면 밀릴 수밖에 없었다.

그걸 황만덕은 잘 알고 있었다.

"순리대로 따를 생각입니다."

"저도 그게 맞다고 생각합니다. 정략결혼이 필요할 때도 있는 반면에, 자연스러운 흐름에 맡겨야 하는 때도 있으니까요."

"이해해 주셔서 감사합니다."

"이해라니요. 저는 그저 유 공자님의 생각을 존중할 뿐입니다. 이제는 성격을 어느 정도 알고 있기도 하니까요. 저는 욕심이 많아서 부인을 많이 받아들였지요. 허허허."

황만덕이 농담하듯 말했다.

우스갯소리로 돈과 여자는 함께 온다고 했다.

그리고 그걸 누구보다 가장 크게 느낀 게 황만덕이었다.

오는 돈 마다하지 않듯이 오는 여자 역시 마다하지 않았다.

"어쩔 수 없는 상황이라는 게 있으니까요."

"많이 느끼고 계시죠?"

마치 다 안다는 표정으로 황만덕이 물었다.

심지어 그는 지금도 혼담이 들어오고 있었다.

그것도 딸뻘인 여자들에게 말이다.

근데 그건 황만덕이 탐하는 게 아니라 반대쪽에서 들이밀고 있었다.

"조금 그렇습니다."

"후후. 조금이라니요. 제가 만약에 유 공자님의 나이였다면 만세를 부르는 건 물론이고 여기저기 자랑하고 다녔을 겁니다."

"하하하."

진심으로 부럽다는 표정으로 말하는 황만덕의 모습에 유하성이 머쓱하게 웃었다.

좋아하기도 그렇고 싫어하는 것도 애매해서였다.

여인들 중 한 명이 황만덕의 딸이었기에 유하성은 그저 어색하게 웃었다.

"주제넘을지 모르지만 제가 조언을 드려도 될까요?"

"경청하겠습니다."

유하성의 앞에서는 스스로를 낮추는 황만덕이었으나 그는 결코 유하성보다 못한 사람이 아니었다.

오히려 연륜에 한해서는 유하성보다 더 뛰어난 게 황만덕이었다.

가문을 일으켜 세우는 것도 힘들지만 그걸 지키고 유지하는 것 또한 일으켜 세우는 것 못지않게 힘들었다.

그런데 황만덕은 유지를 넘어 금와장을 더욱 키운 거인이었기에 유하성은 절대 주제넘다고 생각하지 않았다.

"아마 앞으로 지금보다 더하면 더했지 덜하지는 않을 겁니

무당패왕

다. 유 공자님께서도 알고 계시겠지만요."

"제가 패왕이라는 별호를 가지고 있을 때까지는 그러지 않을까 생각합니다."

"그런 생각은 하지 마십시오."

황만덕이 정색하며 말했다.

그러면서 속으로는 해연히 놀랐다.

다른 이도 아니고 유하성이 이런 생각을 할 줄은 몰라서였다.

물론 달이 차면 비워지듯이 사람 역시 나이를 먹으면 늙기 마련이었다.

그러나 유하성은 아직 그걸 걱정할 나이가 아니었다.

적어도 십 년, 길면 이십 년은 전성기를 구가할 게 유하성이었다.

더욱이 자기관리가 철저한 유하성이 아니던가.

"언제 어느 순간 비명횡사할 수도 있는 게 사람이니까요. 저라고 해서 그러지 말란 법은 없지요. 물론 아직은 죽을 생각이 없지만요."

"너무 멀리 가신 것 같습니다. 대비하는 건 나쁘지 않지만 그건 너무 멀리까지 가셨습니다. 지금은 명성을 누리기에도 모자랄 때인데요."

"무명은 잠시뿐이라고 생각합니다."

"제 생각은 다릅니다. 어쨌든 앞으로 더더욱 많은 여인들이 유 공자님께 다가올 겁니다. 지금과는 비교도 할 수 없을 정도로요. 그러니 이참에 아예 확실하게 하는 것도 한 가지 방법입니다."

"확실하게요?"

유하성의 동공이 커졌다.

의미가 명확하게 전달되지 않아서였다.

"공표하는 겁니다. 한 명이면 한 명, 네 명이면 네 명. 이 여인들하고만 혼인을 하겠다고요."

황만덕은 은근슬쩍 네 명이라는 말을 넣었다.

딸을 믿고 너무나 사랑스럽다고 생각하지만 상대가 너무 막강했다.

천하무림에서 가장 아름다운 여인 셋 중 무려 두 명이 상대였다.

그렇기에 그는 네 명이라는 단어에 힘을 주었다.

"흐음. 그런다고 끝날까요?"

"적어도 대놓고 들이대지는 못할 겁니다. 두 눈을 시퍼렇게 뜨고 있는 부인들이 있으니까요."

"아하."

거기까지는 미처 생각하지 못했다는 듯이 유하성의 두 눈이 커졌다.

그러더니 이내 고개를 주억거렸다.

확실히 부인이 있다면 일차적인 방어선은 구축될 터였다.

"두 번째 방법도 있습니다. 이건 솔직히 방법이라고 하기에는 민망합니다만 저와 같은 선택을 하시는 것도 해결책이긴 합니다."

"……다 받아들이는 것이요?"

"예."

황만덕이 빙긋 웃었다.

자고로 영웅호색이라고 했다.

과거부터 미녀를 마다하는 남자가 없기에 생긴 말이었다.

게다가 능력이 안 되면 모를까 능력이 있다면 열 여인을 받아들이는 게 꼭 나쁜 것만은 아니었다.

"두 번째는 제 성격과 맞지 않는 것 같습니다."

"저도 그렇게 생각합니다. 하지만 그럼에도 말씀드린 건 이런 방법도 있다는 걸 알려 드리고 싶어서요. 고민을 오래한다고 해서 꼭 답이 나오는 건 아니니까요."

"그렇죠."

"중요한 건 유 공자님의 선택이지요."

황주연이 엮여 있었기에 황만덕은 조심스럽게 말했다.

최대한 객관적으로 말이다.

속마음은 황주연과 유하성이 잘되었으면 싶었으나 그가 나섰다가 되레 일이 어그러질 수도 있기에 황만덕은 최대한 딸에 대한 말을 아꼈다.

"장주님께 한 가지 여쭙고 싶은 게 있습니다."

"얼마든지 말씀하시죠."

"황 소저를 이곳에 보낸 건 장주님의 뜻인가요?"

"서로의 뜻이 맞았다고 저는 생각합니다."

"흐음."

애매모호한 대답에 유하성의 표정이 복잡해졌다.

그가 원한 대답은 아니어서였다.

"제가 강요할 수도 있습니다. 실제로 정략결혼을 한 자식들은 많으니까요. 그러나 제 의지만이 아니었다는 건 확실하게 말씀드릴 수 있습니다."

"그렇습니까."

"개인적으로 주연이를 응원하고 있기도 하고요. 경쟁자가 워낙에 막강해서 저도 막막하긴 하지만요."

황만덕이 특유의 넉살을 부리며 말했다.

그러나 어느 정도는 진심이기도 했다.

천하의 그가 약한 소리를 할 수밖에 없을 정도로 황주연의 경쟁자들은 너무나 강했다.

"일단 지금은 고민 중입니다. 이게 네 분에게 상당히 민폐라는 걸 알지만, 제 입장에서는 섣불리 결정을 내릴 수가 없는 문제라. 그래서 네 분에게 말은 한 상태입니다. 언제라도 편하실 때 가시면 된다고."

"이해합니다. 충분히 이해하고말고요. 남녀 사이에 따질게 당연히 많을 수밖에 없죠. 때가 맞지 않아 어그러지는 경우도 수두룩합니다. 그리고 결국에 중요한 건 자기 자신이지요. 유 공자님께서는 잘하고 계십니다."

답답하고 애가 타겠지만 그건 여인들의 입장이었다.

유하성의 입장에서는 난데없이 자신이 좋다며 달려든 꼴이었다.

그것도 한 명도 아니고 무려 네 명이나 말이다.

심지어 하나같이 천하절색이라고 해도 과언이 아닌 미녀들이었기에 유하성에게는 곤혹스러울 수밖에 없었다.

"그리 말씀해 주시니 마음이 조금 편해지네요."

"저도 사람인지라 욕심이 없는 건 아니지만 그렇다고 순리를 거스르면서까지 맺어지길 바라는 건 아닙니다. 저에게는 주연이만큼이나 유 공자님도 중요합니다."

"하하. 저는 외인인데요. 저보다는 당연히 황 소저가 더 중요하시죠."

"맞습니다. 하지만 제가 느끼는 무게 추는 비슷합니다."

농담처럼 말했으나 유하성에게는 진담처럼 들렸다.

그래서 유하성은 황만덕처럼 편하게 웃을 수 없었다.

"황 소저가 들으면 서운해할 것 같습니다."

"주연이도 알고 있습니다. 그리고 유 공자님께서는 모르시지만 알게 모르게 제가 얻는 이득이 꽤나 많습니다. 눈에 보이는 건 아니지만 분명한 이익이요. 아, 그렇다고 해서 제가 유 공자님과의 인연을 악용하는 건 절대 아닙니다."

"그건 저도 알고 있습니다. 저는 눈과 귀가 밝지 않지만 능력이 있는 친구들이 좀 있어서요."

"개방과 비청당을 말씀하시는 거지요?"

"예."

황만덕이 잘 알고 있다는 듯이 말했다.

금와장만큼이나 정보력이 뛰어난 곳이 개방이었다.

상인처럼 방방곡곡에 존재하는 게 바로 거지들이었다.

그 거지들 대부분이 개방도였기에 개방의 정보력은 두말할 필요가 없었다.

"꼭 두 곳 때문이 아니더라도 저는 유 공자님과 오래오래 좋은 관계를 유지하고 싶습니다. 개인적으로 존경하기도 하고요."

"존경이라니요."

"보통 사람은 이룩하기 힘든 것을 직접 이루시지 않았습니까. 그것 말고도 많은 부분들이 같은 인간으로서 존경스럽기도 하고요."

"혹시 저에게 잘못하신 것 있습니까?"

유하성이 실소를 흘렸다.

평소의 황만덕답지 않게 지나칠 정도로 얼굴에 금칠을 하는 것 같아서였다.

"잘못까지는 아니고, 말씀드릴 게 하나 있긴 있습니다."

"저에게요?"

"예. 벽력문이 멸문에 가까운 상태라는 사실은 알고 계실 거라 생각합니다."

"예."

"정확하게는 현재 사분오열된 상태입니다. 대회전 당시 벽력문주는 살아서 도주했으나 현재는 죽은 상태입니다. 도주 중에 알력다툼이 있었는데 결국 패배해서 죽었습니다. 그로 인해 분열이 일어났는데 그중 기술자 일부를 제가 포섭했습니다."

황만덕이 차분한 어조로 말을 이었다.

있는 그대로의 사실을 담담하게 말했던 것이다.

그러면서 그는 유하성의 표정을 살폈다.

어떻게 보면 적을 데려온 것이었기 때문이다.

"그걸 왜 제게 말씀하시는지요?"

"유 공자님께는 말씀을 드리는 게 도리라고 생각했기 때문입니다. 다른 사람은 몰라도 유 공자님께는 알려 드리는 게 맞다고 생각해서요."

선의에 선의로 보답했던 게 유하성이었다.

천금을 주어도 구할 수 없었던 진천뢰를 선뜻 내준 것 또한 유하성이었다.

그렇기에 황만덕은 말해 주는 게 예의라고 생각했다.

"저는 괜찮습니다. 장주님께서 필요하다고 생각하셔서 내린 결정이지 않습니까. 또 신병이기도 누가 사용하느냐에 따라 달라지듯이 화탄 역시 마찬가지라고 생각합니다."

"이해해 주셔서 감사합니다."

"다만 저는 괜찮지만 다른 곳은 생각이 다를 수도 있습니다."

"그 부분에 대해서는 대비를 해 놓았습니다. 벽력문의 기술자들을 포섭한 게 저만이 아니거든요."

"역시 그렇게 되었나요."

유하성이 입맛을 다셨다.

어째 예상을 빗나가지 않아서였다.

그러나 그 또한 운명이었다.

그가 일일이 찾아다니며 죽일 수도 없는 노릇이니만큼 받아들일 건 받아들여야 했다.

"기술자들을 노린 곳이 상당히 많았습니다. 어쩌면 누가 뒤에서 공작을 했을 수도 있습니다. 증거는 없습니다만."

"그럴 수도 있겠네요."

벽력문의 진천뢰를 탐낸 곳은 무수히 많았다.

그러니 황만덕이 의심하는 것도 이상하지는 않았다.

"사도무림 쪽에서도 관심을 가지고 있습니다."

"으음."

이어지는 황만덕의 말에 유하성이 침음을 흘렸다.

금와장은 근본적으로 상계의 세력이었다.

그리고 황만덕은 어느 정도 믿을 수 있었다.

일단 대화가 되었으니까.

그러나 사도무림은 달랐다.

무림의 세력일뿐더러 사도무림이 원하는 건 너무나 뻔했다.

"제가 파악한 바에 의하면 개방도 어느 정도는 알고 있습니다. 저와 마찬가지로 의심하고 있다고 보면 될 듯합니다."

"사도무림이라. 확실히 그들이 관심을 보일 만하기는 하지요."

"저는 지키기 위해서지만 사도무림은 다르니까요."

황만덕이 조심스럽게 말했다.

그가 벽력문의 기술자들을 포섭한 건 딱 한 가지 이유 때문이었다.

금와장을 공격하는 이들로부터 지키기 위해서.

하지만 사도무림은 달랐다.

"이건 확실히 알아봐야 할 것 같습니다."

"저도 알아보겠습니다."

"아, 그리고 기술자에 관한 건 누구에게도 말하지 않겠습니다. 스스로 알아낸 거라면 모를까 제가 소문내는 일은 없을 겁니다."

"감사합니다."

황만덕의 얼굴에 부드러운 미소가 맺혔다.

역시나 믿음에는 믿음으로 보답하는 것 같아서였다.

그러나 한편으로는 경고의 의미이기도 했다.

믿음을 저버리는 순간 책임을 져야 한다는.

따앙! 따아앙!

이른 아침부터 연무장에서는 경쾌한 금속음이 울려 퍼졌다.

벌써 며칠째 매일 합격진 대결이 이어지는 것이었다.

거기다 개인 대련도 계속하고 있었기에 연구동 앞의 연무장은 매일같이 인산인해였다.

"왔냐?"

"응. 그런데 개방도 참전이냐?"

"당연하지. 이런 기회를 놓칠 수 있나."

잠시 무율을 만나고 온 유하성이 눈을 살짝 크게 떴다.

연무장에 평소 보지 못했던 새로운 얼굴들이 추가되어서였다.

"하긴. 흔치 않은 기회이기는 하지."

"남궁세가에 제갈세가, 금와장, 거기다 무당파의 새로운 합격진까지. 이런 기회를 놓치는 건 바보나 하는 짓이지."

"인원도 딱 맞춰 왔네."

"우리도 합격진으로는 꿀리지 않거든."

이춘상이 우쭐대듯 말했다.

소림사에 백팔나한진이 있고, 화산파에 매화검진이 있다
면 개방에는 타구진이 있었다.

그리고 개방의 타구진은 소수로도 펼칠 수 있지만 진짜 위
력은 다수일 때 제대로 발휘되었다.

심지어 인원에 제한이 없는 유일한 합격진이기도 했다.

"타구진의 장점은 인원 제한이 없는 거 아닌가?"

"그렇긴 한데, 우리도 나름 바쁘니까. 벽력문에 대해서는
금와장주님께 들었을 테고."

"역시 알고 있었네."

"중원무림에 관해서는 우리가 제일이야. 적어도 현재는
말이지."

이춘상의 어깨가 다시 한번 치솟았다.

예전이었다면 하오문과 양분했겠지만 지금은 달랐다.

하오문의 세력이 급격하게 약화되었기에 지금은 개방이
제일이었다.

"알게 된 지는 꽤 됐어. 금와장에 관한 일이라 섣불리 말
하지 않은 거지. 금와장주님이 직접 이곳으로 온다는 보고도
받았고."

"개방의 입장은 어때?"

"이해는 가. 사실 도둑들이 웬만큼 꼬였어야지. 그리고 내
부적으로는 과거 금와장이 고수들을 영입한 것과 같은 맥락

이라고 생각하고 있어."

"화탄은 분명 위협적이지만 어떻게 보면 한계가 명확하기도 하지. 마치 진짜 고수는 돈으로 사기 힘들다는 말처럼."

"정확해."

이춘상이 고개를 주억거렸다.

개방 수뇌부의 생각도 이와 같았다.

진천뢰는 분명히 위험한 무기이지만 그렇다고 절대적인 위력을 지닌 건 아니었다.

그렇다고 극악한 사공(邪功)처럼 인신공양이 필요한 것도 아니었고.

"근데 의외이긴 하네. 이렇게 넘어가는 게."

"지금껏 금와장이 보여 준 게 있으니까. 현 금와장주님의 성향을 잘 알기도 하고. 하지만 다른 마음을 먹으면 우리의 대응도 달라질 거야."

"당연히 그래야지."

"게다가 금와장으로만 흘러간 게 아니라서. 사실 이게 가장 골치 아픈 문제지. 보이는 칼보다 보이지 않는 화살이 더 무서운 법이니까."

"장문사형께도 말은 해 두었다."

안 그래도 방금 전 무율을 만나고 온 이유가 바로 이것이었다.

아무리 유하성이 사문 내의 일에 크게 관여하지 않는다고

武當霸王
무당
패왕

해도 이건 다른 문제였다.

그렇기에 유하성은 조용히 무율을 만나서 황만덕에게 들은 내용을 그대로 전달했다.

"비청당도 나서 주면 든든하지. 적어도 호북성에서는 우리보다 더한 영향력을 발휘하는 게 무당파이니까. 제갈세가도 나설 테고."

"귀단문은 아직도 오리무중인가?"

"흩어져서 더 골치 아파. 대회전 때 일망타진했어야 했는데. 문주도 잡고 소문주도 잡았는데 나머지 수뇌부를 놓치는 바람에."

이춘상이 얼굴을 찡그렸다.

어떻게 보면 하오문과 흑점보다 더 까다로운 곳이 귀단문이었다.

십천 중에서 가장 압도적인 무력을 가졌을뿐더러 폭혈단과 폭정단이라는 기상천외한 환약도 가지고 있었다.

그중 폭혈단은 일반 양민들도 받은 즉시 사용할 수 있는 위험한 물건이었다.

"그래도 찾아봐야지. 여기서 포기하면 제이의 귀단문, 제삼의 귀단문이 나타날 수도 있어."

"당연히 알고 있지. 특히나 귀단문은 확실하게 뿌리를 뽑아야 해. 다시는 나타나지 못하도록."

십천 모두가 위험했지만 그중에서도 가장 위협적인 곳은

누가 뭐래도 귀단문이었다.

　그렇기에 정도무림 전체가 기를 쓰고 귀단문의 흔적을 뒤쫓고 있었다.

　"의외로 제갈세가가 선전하네."

　"개인전은 밀리는데 단체전은 확실히 강해. 손발이 아주 척척 맞아."

　"그만큼 연습했다는 말이지."

　"맞아. 보면 기가 질릴 정도야. 난 장인이 만든 톱니바퀴인 줄 알았어."

　자연스럽게 이춘상의 시선이 유하성을 따라갔다.

　때마침 매화검수들과 대결을 벌이는 제갈세가의 무인들에게로 말이다.

　"개인의 힘도 중요하지만 단체의 힘도 무시할 수는 없지."

　"그런데 무서운 건 지금도 저 정도인데 더 발전시키려 한다는 거지. 저기 두 사람 눈빛 보이지? 완전 장난 아냐."

　이춘상이 턱 끝으로 한쪽을 가리켰다.

　바로 제갈성과 제갈령령이 있는 곳이었다.

　누가 남매 아니랄까 봐 두 사람은 똑같이 매의 눈을 하고서 매화검수들과 겨루고 있는 제갈세가의 무인들을 지켜보고 있었다.

　"현상유지는 퇴보를 뜻한다는 걸 이제는 알았으니까. 그리고 목표도 있을 테고."

"하긴. 꿈꾸는 목표는 누구에게나 있으니까. 너도 그렇고, 나도 그렇고."

사천당가나 모용세가는 그래도 남궁세가를 넘어 한때나마 천하제일가라 불렸던 시절이 있었다.

하지만 제갈세가나 하북팽가는 단 한 번도 그랬던 적이 없었다.

그렇기에 저렇게 기를 쓰는 것도 어느 정도는 이해가 되었다.

"좋은 아침입니다."

"아, 예."

"오늘은 나오셨네요."

슬그머니 다가온 현광이 옅게 웃으며 인사해 왔다.

그러나 놀라는 이는 없었다.

기척을 숨기지 않았기에 유하성은 물론이고 이춘상 역시 그가 다가오는 걸 알고 있었다.

"이런저런 일이 있어서요."

"알고 있습니다. 금와장주님께서 오셨었다고 들었습니다.

"예. 바쁘신 분이라 금방 돌아가셨지만요."

"아쉽네요. 인사를 드리고 싶었는데."

강호의 인사는 아니었으나 그렇다고 아예 무림과 무관하지도 않았다.

그래서인지 현광이 진심으로 아쉬운 표정을 지었다.

하지만 그뿐만 아니라 남궁준과 제갈성 역시 만나지 않았기에 현광은 크게 섭섭하지 않았다.

"안 그래도 금와장주님께서도 아쉬워하셨습니다. 다음을 기약하셨으니 곧 만날 수 있을 거라 생각합니다."

"그날이 빨리 왔으면 좋겠네요."

현광은 화산파에 입문한 후 오직 연무실에 틀어박혀 수련만 했었다.

물론 그게 후회되지는 않았으나 아쉬움은 있었다.

막상 하산하고 보니 아는 사람이 너무 없어서였다.

사형제들이 있기는 하나 친구나 지인이라고 할 수 있는 사람은 없었기에 현광은 내심 부러운 눈으로 나란히 서 있는 유하성과 이춘상을 몰래 훔쳐봤다.

"번천회도 마무리되어 가고 있으니 내년쯤에는 용봉회가 다시 열리지 않을까 생각합니다."

"근데 넌 안 갈 거잖아."

"그건 모르지. 그때 되어 봐야 아는 거지."

"난 안 간다에 건다."

이춘상이 확신하듯 말했다.

당장 지금만 보더라도 유하성은 무당산에서 내려가질 않았다.

가깝다고 할 수 있는 균현에도 안 내려간 지 몇 달이 되었기에 이춘상은 호언장담했다.

만약 용봉회가 열린다고 해도 유하성은 가지 않는다고 말이다.

"소향이가 원한다면 갈 수도 있지."

"아, 이제는 홀몸이 아니지."

"단어 선택이 조금 이상한 거 같은데."

"틀린 말은 아니잖아? 그땐 진짜 홀몸이 아닐 수도 있고."

이춘상의 얼굴에 음흉한 미소가 맺혔다.

기분 나쁜 야릇한 미소를 지으며 눈썹을 꿀렁이는 모습에 유하성은 고개를 절레절레 저었다.

"하하하. 그럴 수도 있겠네요."

"사실 현광 도장도 부럽죠?"

"부럽습니다."

"크하하하! 역시 남자 마음은 똑같다니까요. 저도 엄청나게 부럽습니다. 혼인 금지만 아니었다면 진짜 영웅호색이라는 단어를 몸소 증명했을 텐데."

현광의 맞장구에 이춘상이 쉬지 않고 말했다.

상상만으로는 이미 열 명의 부인이 있을 것처럼 말이다.

그런데 그게 유하성은 과장으로 들리지 않았다.

거지가 아니라면, 말끔하게 잘 꾸민다면 옥면공자라는 말이 아깝지 않은 미공자가 이춘상이었다.

"방법이 아예 없는 건 아니지 않습니까?"

"근데 그럴 수는 없죠. 구대문파에 비해 파문에 관대한 곳이 본 방이지만 그래도 후개 중에 스스로 파문했던 이는 없습니다."

"듣고 보니 그렇군요."

"신의를 지켜야 하는 개방도로서 할 짓이 아니기도 하고요."

이춘상이 못내 아쉬워하면서도 어쩔 수 없다는 듯이 말했다.

그러면서 그는 대놓고 유하성을 힐끔거렸다.

자신에게 금제 아닌 금제가 있기에 유하성에게 여인들이 몰렸다는 듯이 말이다.

"역시 개방의 후개이십니다."

"하하하. 별말씀을요. 그런데 저보다는 하성이에게 할 말이 있어서 찾아오신 거 아닙니까?"

"역시 귀신같으시네요."

그간 친해진 덕분인지 눈치 빠른 이춘상이 판을 깔아 주었다.

현광이 편하게 말을 꺼낼 수 있도록 은근히 도와준 것이었다.

"제가 한 눈치 하지 않습니까."

"저에게 말입니까?"

"예. 유 공자님께 한 수 가르침을 받고 싶습니다."

유하성을 지그시 바라보며 현광이 정중하게 부탁했다.

화산파의 대제자인 그가 스스로의 부족함을 인정하며 비무를 청하는 모습에 유하성도 단칼에 거절하기는 힘들었다.

알게 모르게 받은 도움도 있었고 말이다.

한마디로 정말 시기적절하게 비무를 청했기에 유하성은 고개를 끄덕였다.

"가르침을 드릴 정도는 아닙니다. 다만 어울려 드릴 수는 있습니다."

"감사합니다."

스스로를 낮춘 덕분일까.

마찬가지로 존중을 보여 주는 유하성의 모습에 현광의 입가에 미소가 맺혔다.

"야야! 자리 비워!"

"드디어 대사형과 유 소협이 붙는다!"

"오오!"

유하성과 현광의 비무가 성사되자 연무장이 시끄러워졌다.

각각 나뉘어 대련을 하고 있던 화산파, 남궁세가, 제갈세가, 서문세가, 금와장의 무사들이 일제히 하던 걸 멈추고 자리를 만들어 주었던 것이다.

그러고는 하나같이 잔뜩 기대하는 눈빛으로 두 사람을 뚫어져라 쳐다봤다.

"드디어 성사되었구만!"

"근데 네가 왜 신나 해?"

"구경하는 재미가 있으니까."

"그래."

예상에서 한 치도 벗어나지 않는 대답에 유하성은 피식 웃으며 적당히 자리를 잡았다.

현광을 마주 보며 적당히 간격을 벌렸던 것이다.

하지만 두 사람의 표정은 완전히 달랐다.

사뭇 긴장한 현광과 달리 유하성은 시종일관 담담했다.

"여유 부리다가 큰코다친다는 말을 해 주고 싶지만, 너에게는 쓸모없는 말이겠지."

"건성은 없다."

"알지. 내 잘 알지. 내가 얼마나 당했는데."

여유로워 보인다고 해서 방심하는 게 아니었다.

오히려 유하성은 상대가 누구라도 최선을 다했다.

그리고 그건 사질들이라고 해도 예외는 아니었다.

"저는 준비되었습니다."

검을 뽑으며 현광이 입을 열었다.

그런데 그의 표정이 매우 진지했다.

긴장하다 못해 결연한 표정으로 현광은 유하성을 바라봤다.

"그럼 시작할까요."

"먼저 가겠습니다."

"오시죠."

여기 있는 모두가 결과를 알고 있었다.

당사자인 현광 역시도 말이다.

그렇기에 현광은 스스럼없이 선공하겠다고 말했다.

자신의 무공이 어디까지 통하나 궁금하기도 했고 말이다.

'방어만 하다가 끝낼 수는 없으니까.'

삼고초려까지는 아니더라도 힘들게 성사시킨 비무였다.

그런 만큼 현광은 후회와 미련이 남는 대련은 하고 싶지 않았다.

지더라도 모든 걸 쏟아붓고서 개운하게 패배하고 싶었다.

타앗!

그래서인지 현광의 눈빛은 결연했다.

집중력을 극도로 끌어올리고서 유하성에게 달려들었다.

스스스스.

분명 검이 그와 마찬가지로 허공을 갈랐음에도 소리는 거의 없었다.

귀를 기울이지 않으면 잘 들리지 않을 정도로 미세한 파공성과 함께 현광의 검이 유하성에게 쇄도했다.

투웅.

소리도 없이 한 줄기 섬광처럼 파고드는 현광의 검을 유하성은 특유의 부드러운 움직임으로 튕겨 냈다.

무당 태극권의 극의가 담긴 듯한 움직임으로 정말 딱 필요한 만큼의 힘을 이용해 궤적을 비틀었다.

"흡!"

그러나 현광은 처음부터 그걸 인지하고 있었다.

태극권으로 자신을 상대할 것을 알았기에 현광은 당황하지 않고 재차 검을 뿌렸다.

전력을 다해 이십사수매화검법을 펼쳤던 것이다.

파바바밧!

이윽고 현광의 손에서 스무 개의 검화가 피어났다.

내공을 사용하지 못하는 상태임에도 무려 스무 개에 달하는 검화를 피워 내는 모습에 지켜보던 매화검수들조차 놀랐다.

그리고 다른 무인들은 전보다 더욱 짙어진 검향에 입을 쩍 벌렸다.

매화나무가 없음에도 매화가 활짝 핀 곳에 서 있는 듯한 착각이 들어서였다.

쉬이익! 쉬익!

하지만 향긋하고 강렬한 매화향과 달리 유하성에게 쇄도하는 검화들은 맹렬하기 그지없었다.

현광이 피워 낸 스무 송이의 매화는 유하성이 서 있는 공간을 제외하고는 모든 방위를 빼곡하게 채우며 매섭게 조여들었다.

회피할 공간 자체를 주지 않은 것이었다.

시간이 갈수록 빠르게 줄어드는 빈 공간의 모습에 시뻘게진 얼굴로 변한 현광이 눈을 빛냈다.

이 정도라면 제아무리 유하성이라도 쉽게 막아 내지 못할 것이었다.

'쉽게 져 줄 생각은 없습니다!'

유하성과의 대결은 처음이었지만 그와의 격차에 대해서는 현광도 알고 있었다.

당장 유하성보다 살짝 부족하다는 이춘상도 넘지 못한 상태였고.

그러나 무경이 부족하다고 해서 허무하게 패배할 생각은 전혀 없었다.

오히려 상대와의 수준 차이를 알고 있기에 현광은 욕심을 내려놓고 순수하게 모든 걸 쏟아부었다.

'이번 공격은 쉽사리 피해 내기 힘들 겁니다!'

내공과 함께 펼쳐야 하는 걸 오로지 근육으로만 펼쳐 냈기에 현광의 얼굴은 금방이라도 터질 것처럼 붉어져 있었다.

체력을 일시에 쏟아부으며 억지로 펼친 게 지금의 초식이었다.

하지만 그만큼 위력은 확실했다.

괜히 사형제들이 경악하는 게 아니었다.

스윽.

사방을 가득 채우는 검화와 검향 속에서도 유하성의 표정은 평온했다.

화산파의 제자들처럼 경악하지도, 다른 무인들처럼 놀라지도 않았다.

그저 시종일관 똑같은 표정으로 쇄도하는 스무 개의 검화들을 응시하다가 편하게 늘어뜨린 두 팔을 천천히 들어 올려 원을 그렸다.

한데 그로 인한 변화가 참으로 놀라웠다.

후우우웅.

태극권의 기본이라 할 수 있는 원을 두 손으로 느릿하게 그렸을 뿐인데 주위의 공기가 달라졌다.

유하성이 그리는 원에서 묘한 흡입력이 발생했던 것이다.

그리고 그 인력(引力)은 시간이 갈수록 강해졌다.

더불어 범위 역시도 빠르게 커졌다.

"흡!"

갑자기 일어난 인력은 단순히 주변의 공기만 빨아들이지 않았다.

현광의 검화와 검향도 같이 빨아들였다.

처음에는 한 개만 끌려갔었는데 이제는 십여 개가 동시에 끌려가자 현광은 당황한 표정으로 검을 당겼다.

그러나 그의 마음과는 달리 검화는 점차 유하성이 그리는 원 안으로 빨려 들어갔다.

'피하는 게 능사는 아니다.'

그 순간 현광은 깨달았다.

회피가 정답이 아님을 말이다.

동시에 감탄이 절로 나왔다.

모두가 포위되었다고 생각한 상황에서 유하성은 판을 뒤집었다.

전부를 막을 수 없다면 아예 모두 다 자신의 통제하에 두겠다고 말이다.

더욱이 지금 유하성이 펼치는 초식이 얼마나 대단한 건지도 알았다.

'내 방식에도 반전이 필요하다.'

현광의 두 눈에 기광이 번뜩였다.

지금의 상황을 뒤집으려면 그 역시 판을 엎어야 했다.

유하성처럼 말이다.

'그렇다면!'

거기까지 생각이 닿은 순간 현광은 땅을 박찼다.

물러나기보다는 오히려 인력을 이용해 유하성에게 달려드는 쪽을 선택한 것이다.

물론 단순히 달려들기만 하는 건 아니었다.

푸스스스······.

스무 개까지 피워 냈던 검화를 현광은 스스로 소멸시켰다.

굳이 무리해서 검화를 스무 개나 유지할 필요는 없다고 생각해서였다.

오히려 힘을 낭비하는 건 유하성이 원하는 바라고 생각했다.

그래서 현광은 단순하게 생각했다.

'하나면 된다. 하나의 검화도 매화검법이다.'

현란하다 못해 사람의 마음을 현혹할 정도로 화려하고 아름다운 검법이 이십사수매화검법이었지만 모든 상승절학이 그렇듯 이십사수매화검법은 단순히 변검과 환검의 묘리만 품고 있지 않았다.

어떻게 해석하느냐에 따라 충분히 쾌검으로 변화할 수도 있었다.

그리고 현광은 그게 가능할 정도로 이십사수매화검법의 성취가 높았다.

쌔애애액!

스무 개까지 늘어났던 검화가 단 하나만 남았다.

하지만 개수는 줄었어도 위력은 전혀 줄지 않았다.

오히려 풍기는 기세는 스무 개였을 때보다 더욱 강렬했다.

변화 대신 속도를 택한 만큼 현광이 그리는 단 하나의 검화는 예리하며 아름다웠다.

터어엉!

그리고 단숨에 유하성이 그리는 원으로 파고들었다.

태극이 만들어 내는 인력을 역으로 이용해서 더욱 빠르고 강력하게 쾌검을 펼친 것이었다.

그런 현광의 일격에 유하성은 쌍장을 내밀어 막았다.

회피하기에는 늦었다고 판단했기에 정면으로 막은 것이었다.

스윽.

태극권은 권법이지만 그렇다고 주먹만 사용하지는 않았다.

단순히 권법의 범주 안에 넣기에는 태극권에 담겨 있는 무리(武理)가 장대했기에 손 전체로 펼치는 게 가능했다.

그렇기에 지금처럼 손바닥으로 튕겨 냄과 동시에 검을 낚아챌 수 있었다.

"차합!"

그러나 현광의 임기응변도 대단했다.

처음부터 유하성이 이렇게 나올 걸 예측이라도 한 것처럼 찌르기가 막히기 무섭게 그 반동을 이용해 뒤로 물러났다.

정확히 유하성의 손이 닿지 않는 거리만큼만 간격을 벌렸던 것이다.

그러고는 재차 유하성을 향해 검을 내질렀다.

"흐음."

순식간에 꽃이 만개하듯 스무 개의 검화가 다시 피어났다.

태극권의 인력이 사라지기 무섭게 다시 본래의 검술로 돌아온 것이었다.

그 결과 다시 한번 유하성의 사방이 검화로 뒤덮였다.

터터터팅!

이번에는 방금 전의 초식을 펼칠 시간을 주지 않겠다는 듯이 현광이 맹공을 퍼부었다.

거리가 아까보다 가까운 것도 현광에게는 이득이었다.

유하성의 양손은 닿지 못하지만 그의 검은 유하성의 몸에 닿을 정도의 거리니까.

그래서 유하성으로서는 사방에서 짓쳐 드는 검화를 일일이 튕겨 낼 수밖에 없었다.

'확실히 기교는 춘상이보다 위야.'

이춘상과 비무를 했을 때도 느꼈었지만 이렇게 직접 겨뤄 보니 유하성은 확실하게 알 수 있었다.

적어도 기교에 있어서는 현광이 이춘상보다 우위에 있다는 점을 말이다.

다만 약점도 명확했다.

'혼자서 수련한 티가 나. 나름 대련은 많이 했지만 그렇다고 경험이 많은 건 아냐.'

불과 몇 초식을 겪었을 뿐이지만 유하성은 단번에 현광의 약점을 파악했다.

변검과 환검의 극의가 담긴 이십사수매화검법이기에 비슷하거나 낮은 경지의 무인들과의 대련에서는 약점이 드러나지 않았다.

그러나 높은 경지에 있는 유하성에게는 보였다.

현광의 부족한 점이 말이다.

'그렇다면 알려 줘야지.'

애초에 현광은 한 수 배우겠다는 의지로 그에게 비무를 청했다.

그렇기에 유하성은 옅게 웃으며 땅을 박찼다.

츠츠츠츠!

갑작스러운 돌진이었으나 현광은 당황하지 않았다.

대신 더욱 섬세하게 검식을 펼쳤다.

열 개의 검화로는 유하성의 정면을 막고 양옆으로 다섯 개씩 검화를 이동시켰다.

정면의 열 개로 유하성의 접근을 저지하면서 남은 검화로 공격하려는 것이었다.

스스슥!

"응?"

그런데 유하성의 대응이 지금까지와는 달랐다.

피할 수 있는 건 피하고 애매한 건 전부 다 튕겨 냈는데 지금은 그렇지 않았다.

무당파의 태극보와 비슷하면서도 묘하게 다른 듯했는데 문제는 유하성의 움직임이었다.

완벽하게 그의 검세 사이사이로만 움직였다.

으득!

그 모습에 현광이 어금니를 악물었다.

유하성이 움직이는 공간들이 바로 초식의 빈틈이라는 걸 너무나 잘 알아서였다.

심지어 전력으로 이십사수매화검법을 펼치고 있었기에 충격은 더더욱 컸다.

하지만 언제까지고 놀라고만 있을 수는 없었다.

"흐아압!"

빈틈이 있다면, 알게 되었다면 지우면 되는 일이었다.

그래서 현광은 젖 먹던 힘까지 모조리 쥐어짰다.

내공을 사용한다면 검세가 지금보다 더욱 강력하고 화려해지겠지만 조건은 유하성도 같았다.

오로지 육체 능력만 사용하고 있기에 현광은 머릿속에서 내공이라는 두 글자를 지우며 전심전력으로 이십사수매화검법을 펼쳤다.

스르르륵.

그러나 그의 처절한 파상공세에도 유하성의 몸에 닿는 건 없었다.

정말 종이 한 장 차이로 유하성이 피해 냈던 것이다.

하지만 현광은 알았다.

방금 전 그가 피해 냈던 것처럼 유하성 역시 완벽하게 간격을 조절하는 것이었다.

쩌어엉!

"큭!"

거기다 변화는 이것만이 아니었다.

완벽하게 초식 사이사이의 틈새를 노닐던 유하성이 정권을 내질렀다.

회피에 이어 이번에는 반격을 시작한 것이었다.

그런데 단순한 정권 찌르기에 현광의 신형이 휘청거렸다.

쩌엉! 쩡!

분명 내공을 전혀 사용하지 않았을 텐데도 유하성의 주먹은 무거웠다.

거대한 바위로 후려치는 것 같은 충격에 현광이 주춤주춤 뒷걸음질 쳤다.

동시에 얼굴이 창백해졌다.

정면으로는 받아 낼 엄두가 나지 않아서였다.

쩡!

그러나 회피도 쉽지 않았다.

마치 그의 속내를 훤히 들여다보는 것처럼 유하성은 완벽하게 움직임을 예측했다.

그러고는 절대 피할 수 없는 공격을 집어넣었다.

"크흡!"

그렇다 보니 현광의 신형은 연신 속절없이 밀려 나기만 했다.

절묘하다 못해 얄미울 정도로 빈틈만 후벼파는 공격에 현광의 얼굴은 순식간에 땀범벅이 되었다.

하지만 그럼에도 현광은 어떻게든 버텼다.

흔치 않은 기회이니만큼 최선을 다하는 것이었다.

꽈앙!

그러나 육체적인 힘만 사용했다고는 보기 힘들 정도의 가공할 일격에 끝내 주저앉았다.

십단금에 결국 무릎을 꿇었던 것이다.

한데 패배했음에도 현광의 얼굴은 밝았다.

비록 졌지만 잘 싸우기도 했거니와 자신의 부족한 점을 이번에 확실하게 알 수 있었기에 현광은 개운한 표정을 지으며 몸을 일으켰다.

털썩.

"괜찮으십니까?"

"하하. 이거 민망하네요. 다리가 풀릴 줄이야."

일어서다 말고 다시 주저앉는 현광을 향해 유하성이 손을 내밀었다.

그러자 현광이 민망한 표정을 지었다.

고작 비무 한 번에 다리가 풀릴 줄은 몰라서였다.

하지만 한편으로는 이해가 가기도 했다.

"그만큼 최선을 다했다는 뜻이지 않습니까. 부끄러운 일이 아니라고 생각합니다."

"그렇게 말씀해 주셔서 감사합니다. 그리고 예의를 지켜

주신 것도요. 정말 많이 배웠습니다."

"저도 한 수 배웠습니다."

"하하하."

현광이 민망한 웃음을 터트렸다.

그가 배우면 배웠지 유하성이 얻은 게 있지는 않을 것 같아서였다.

"우와……."

"진짜 강하긴 하다."

"……대사형이 저렇게나 밀릴 줄이야."

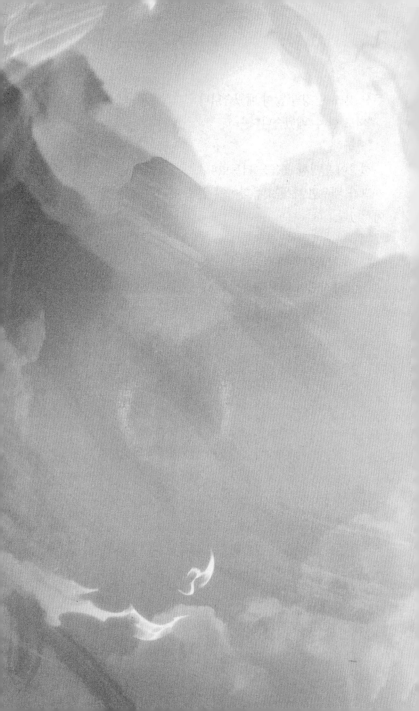

제72장 이번에는 단체전?

한편 화산파의 제자들은 유하성의 무위에 경악했다.

이춘상이 하도 자신보다 유하성이 아주 조금 더 강하다고 했기에 승패는 알고 있었다.

그러나 이 정도일 줄은 몰랐다.

특히 약점을 집요할 정도로 파고드는 부분에서 화산파의 제자들은 기가 질린 표정을 지었다.

"마지막에 펼친 게 십단금이겠지?"

"아마도. 무당파의 무공 중에 그렇게 패도적인 무공은 십단금 하나뿐이니까."

"근데 신체 능력으로만 그 정도 위력이 나오나? 아무리 진각을 밟는다고 해도 그건 말이 안 되는데……."

"여기에 모여 있는 인원만 몇 명인데. 내공을 사용했으면 진즉에 눈치챘겠지. 구룡 중 세 명이 이 자리에 있는데. 하물며 무당패왕이라 불리는 이가 비겁한 짓을 했겠어?"

현중이 정리하듯 말하자 사제들이 일제히 고개를 주억거렸다.

패왕이라 불리는 이가 비열한 짓을 할 것 같지는 않아서였다.

만약 내공을 사용했다면 가장 가까이에 있던 현광이 가장 먼저 알아차렸을 것이었다.

"그나저나 대단하기는 하네요. 대사형께서 저렇게 일방적으로 밀릴 줄이야."

"그러니까. 근데 후개와는 약간의 차이가 아닌 것 같은데."

현송의 말에 대답하며 현중이 눈알만 살짝 돌렸다.

어느새 유하성에게 다가가 있는 이춘상을 힐끔거렸던 것이다.

"제가 생각하기에도 절대 조금은 아닙니다. 최소 한 수 위예요."

"반 수는 확실히 넘을 것 같지?"

"예. 이건 제 오른손을 걸 수 있습니다."

무당산에 와서 개과천선한 현우가 자신만만하게 오른손을 내밀었다.

정말로 오른손을 걸겠다는 듯이 말이다.

그러나 현우의 행동에 반응하는 이는 단 한 명도 없었다.

"이건 뭐, 따라잡을 엄두가 안 나네."

"그러게요. 대사형만 하더라도 넘지 못할 산처럼 느껴지는데."

"역시 세상은 넓고 고수는 많아."

"사제들이 했던 말이 허황되다고 생각했는데, 진짜였어요."

현중과 현송이 고개를 절레절레 저었다.

그리고 그건 다른 매화검수들도 마찬가지였다.

다들 믿기지 않는다는 표정으로 유하성을 바라보고 있었다.

반면에 현하와 현소는 다른 점을 얘기했다.

"괜히 무림삼화 중 두 명이 매달리는 게 아니네."

"우리도 도전해 볼까?"

"말이 되는 소리를 해, 이것아. 소화와 백화가 있는데 우리를 거들떠나 보겠어?"

"왜? 우리가 외모는 꿀릴지 몰라도 배경은 안 꿀리잖아. 더구나 우리는 매화검수인데. 자식을 생각하면 백화와 소화보다 우리가 나을 수도 있지. 근골을 생각하면."

"근데 왜 우리야?"

현하가 고개를 갸웃거렸다.

도전할 거면 혼자만 도전할 것이지 자신을 엮는 게 이상해서였다.

"어? 당연히 너도 관심 있을 줄 알았는데. 아냐? 네 취향에 되게 근접한 것 같은데."

"아니거든."

"아님 말고. 근데 역시 힘들겠지? 경쟁자들이 만만치 않아서."

퉁명스러운 현하의 대답에도 현소는 입맛을 다셨다.

아무리 생각해 봐도 경쟁자가 너무 막강했다.

그녀도 외모가 평균 이상이었지만 남궁희수나 서문예지와 비교하면 많이 부족했다.

인정하고 싶지는 않았지만 말이다.

"마음 있으면 해 봐. 시도는 누구나 할 수 있으니까."

"차이면 평생 놀리려고?"

"당연하지."

"진짜 너무하네. 응원은 못 해 줄망정."

현소가 토라진 듯한 표정을 지었으나 현하는 달래 줄 마음이 없었다.

처음부터 농담이었다는 사실을 잘 알고 있기도 했고 말이다.

방금 전의 비무로 관심이 생기기는 했겠지만 그렇다고 진지하게 고민하지는 않을 터였다.

스스로 말했다시피 경쟁자가 너무 강했다.

'진짜 강하네.'

친구이자 자매나 마찬가지인 현하와 현소가 티격태격하고 있음에도 현송의 시선은 유하성에게 향해 있었다.

여전히 놀란 기색을 감추지 못한 모습으로 말이다.

그리고 그 옆에서는 현우가 두 눈을 형형하게 빛내고 있었다.

말은 하지 않았으나 그가 무슨 생각을 하고 있는지는 충분히 예상 가능했다.

"매화검수들과 매화검진이라. 남궁세가와 제갈세가만 해도 상당한 소득이라고 생각했는데 화산파가 찾아올 줄이야."

"사백님."

매화검진을 상대하는 사질들을 지켜보던 유하성이 고개를 돌렸다.

그러자 낡은 지팡이와 함께 다가오는 명견이 보였다.

"내가 방해가 된 건 아니지?"

"그럴 리가요. 사백께서는 이곳의 주인 중 한 명이십니다. 허락을 받아야 하는 건 저들이죠."

"흠흠! 그렇게 말하니 민망하구먼. 근데 왜 다시 사백으로 돌아왔나?"

"틀린 말은 아니지 않습니까."

"부담스럽다니까. 난 어르신이라는 단어가 편해."

지팡이에 두 손을 올린 채로 명견이 대답했다.

스스로 무당파의 제자임을 한시도 잊은 적이 없지만 그렇다고 존장의 예우를 받을 생각은 없었다.

유하성이 아니었다면 이렇게 사람들이 모인 곳에 올 생각도 없었고.

"번갈아 사용하겠습니다."

"한 고집 한다니까."

명견이 툴툴거렸다.

생긴 것답지 않게 유하성은 쇠고집이었다.

그걸 잘 알기에 명견은 더 이상 말하지 않았다.

"끼니는 잘 챙겨 드시고 계시죠?"

"어련히 알아서 잘 먹을까. 다 같이 생활하니까 안 먹을 수가 없어."

"잘하시는 겁니다. 이제라도 건강을 챙기셔야 합니다."

"오래 살 생각 없어. 적당히 살다가, 천명을 다하면 가는 게지."

명견이 수더분하게 웃었다.

솔직히 그는 지금 당장 죽어도 미련이 없었다.

그 정도로 그는 미련도, 후회도 없었다.

武當霸王
무당
패왕

오히려 스스로 생각했던 것보다 과분하게 많은 걸 이룩했다고 생각했다.

"저는 어르신께서 오래 사셨으면 좋겠습니다."

"너무 오래 사는 것도 좋지 않아. 뭐든지 적당한 게 좋은 법이지. 이미 많은 걸 이루고, 누리기도 했고. 이 정도면 충분해."

"염원을 이루는 건 보셔야 하지 않겠습니까."

"흐음."

명견이 고뇌하는 표정을 지었다.

사실 그도 보고 싶었다.

아니, 어느 제자라도 다 같을 터였다.

하지만 그러기에는 그에게 남은 시간이 그리 많지 않았다.

"모두가 함께 노력하고 있으니 그리 오래 걸리지는 않을 거라고 생각합니다."

"아니야. 욕심은 또 다른 욕심을 낳고 결국 화를 부르지. 죽기 전에 볼 수 있다면 정말 행복하겠지만 못 본다고 하더라도 괜찮아. 그보다 아이들의 숙련도가 확실히 가파르게 높아졌어. 역시 훈련보다는 실전이 훨씬 더 효과적이야."

명견의 두 눈이 초롱초롱하게 빛났다.

주화입마로 인해 폐인이 되었지만 그렇다고 해서 무공에 대한 열망이 사라진 건 아니었다.

게다가 내공을 자체적으로 금제하고 육체적인 능력만 사

용했기에 명견의 안력으로도 충분히 매화검수들과 사손들의
공방을 볼 수 있었다.

"저도 그렇게 생각합니다."

"요즘 잠은 얼마나 자나? 태극진을 계속 손보는 것 같은
데."

연무장은 매일 찾지 않아도 연구동은 매일 방문하는 게 유
하성이었다.

그리고 그 말은 달리 말하면 태극진에 대한 연구를 매일같
이 하고 있다는 뜻이기도 했다.

"충분히 자고 있습니다."

"충분히는 무슨. 하루에 두 시진도 안 자는 것 같은데."

"아직은 젊어서 괜찮습니다. 습관이 되기도 했고."

"애먼 걱정이라는 걸 알지만, 그래도 휴식은 반드시 필요
해. 망가지는 건 한순간이야. 명심하게."

명견이 단호하게 말했다.

자신감을 가지는 건 좋지만 그게 맹신으로 이어지면 안 되
었다.

나는 괜찮다고, 나한테는 절대 그런 일이 벌어지지 않을
거라고 대부분 생각하지만 그건 너무나 위험한 착각이었다.

사고는 절대 당사자의 사정을 감안해 주지 않았다.

"명심하겠습니다."

"자네가 어련히 알아서 잘할 거라고 생각하지만. 근데 나

武當霸王
무당
패왕

이를 먹으면 걱정이 늘어서 말이지."

"저도 어르신과 같은 생각입니다. 예고도 없이 찾아오는 게 사고이지 않습니까."

"잔소리로 생각해 주지 않아서 고맙구먼. 허허허."

"그보다 다들 무리하시는 것 같던데요."

이번에는 유하성이 화제를 돌렸다.

하지만 대화를 하면서도 유하성의 시선은 매화검진을 상대하는 사질들에게로 향해 있었다.

태극진의 개량 작업은 아직 끝난 게 아니었기에 사소한 것 하나라도 허투루 넘길 수 없었다.

게다가 화산파 역시 무당파와 같은 숙원을 가지고 있었다.

"무리하는 게 아니라 잠이 없어서 그런 거야. 아마 자네도 우리 나이가 되면 알 거야. 아니, 이해가 된다기보다는 몸으로 느껴진다고 해야 하나. 그나저나 화산파도 대단해. 인재가 끊임없이 나오니."

"저희와 똑같은 숙원을 가지고 있으니까요."

"맞아. 우리가 만년 이인자라면 화산파는 만년 삼인자이니까. 가끔 추월을 당했던 적도 있고. 화산무제의 제자와 비무를 했다고 하던데. 어떻던가?"

"뛰어난 재능을 가지고 있습니다."

유하성은 망설이지 않고 대답했다.

순수하게 근골과 무재만 따지자면 이춘상 못지않은 게 현광이었다.

　게다가 한때 허송세월을 보냈던 이춘상과 달리 현광은 우
직하게 한길만 파는 성격이었기에 만약 공백이 길었다면 두
사람의 위치는 지금과 정반대였을 수도 있었다.

　"말하는 투가 자네보다 더 대단하다는 거 같은데?"

　"맞습니다. 순수하게 무재만 따지자면요. 솔직히 저는 평
균보다 조금 나은 수준이니까요."

　"과거의 자네를 보지 못했기에 뭐라 말하기가 애매하군.
근데 지금은 다르지 않나?"

　"좋은 스승을 만났고, 여러 가지 행운도 따랐습니다."

　"육체만이 전부가 아니기도 하고 말이지?"

　명견이 의미심장하게 웃었다.

　그러면서 손가락으로 본인의 머리를 툭툭 두드렸다.

　지금의 유하성을 만든 건 어떻게 보면 반 이상이 두뇌라고
생각해서였다.

　물론 그보다 더 큰 비중을 차지하는 건 노력과 오기였다.

　"그렇죠. 어떻게 보면 열등감이 지금의 저를 만든 것이기
도 하고."

　"모두가 같은 마음을 먹지만 그걸 이루는 사람은 극히 드
물지. 더더구나 자네 정도로 이루는 경우는."

　"과찬이십니다."

　"전혀. 결과가 보여 주고 있지 않나?"

명견은 고개를 저었다.

과정도 중요하지만 결국 사람들의 기억에 남는 건 결과였다.

또한 역사에 남는 것도 결과였고.

물론 아직 유하성의 무명이 역사에 남을 정도는 아니었으나 지금처럼만 나아간다면 가능성은 충분했다.

"아직은 과정이죠."

"이래서 자네가 무섭다니까. 자만 자체를 모르는 성격이니."

"목표를 다 이루면 또 모르지요. 제가 변할지도."

"글쎄. 난 아닐 것 같은데. 자네는 천하제일인이 되면 그땐 역사에 남은 이들과 경쟁할 거 같아. 예를 들면 사문의 시조나 마교의 초대 교주 같은."

호언장담하듯 명견이 말하자 유하성이 느릿하게 두 눈을 껌뻑였다.

그들까지는 정말 단 한 번도 생각하지 않아서였다.

한데 만약 천하제일인이 되면, 거기에 소림사를 제치고 무당파를 천하제일문으로 만들면 명견의 말대로 또 다른 목표를 정할 것 같기는 했다.

'아닐 수도 있지만 확실히 사백님의 말대로 될 가능성이 크지.'

먼 미래, 아니 어쩌면 그리 멀지 않은 때에 사부인 명운과 약속했던 꿈을 이룰지 몰랐다.

처음에는 그렇게 막연할 수가 없었는데 지금은 달랐다.

체감이 될 정도로 꿈에 가까워지고 있었다.

그리고 어느새 그 이후까지 생각했다.

'아서라. 지금은 당장 달려가기만 해도 모자라. 꿈을 이룬 이후는 꿈을 이루고 난 다음에 생각해도 늦지 않아.'

유하성은 이내 고개를 저었다.

많이 가까워지긴 했으나 아직도 그가 가야 할 길은 남이 남아 있었다.

또한 지금까지 걸어온 길보다 앞으로 가야 할 길이 훨씬 더 길고 험난했다.

"그나저나 아쉬워."

"무엇이 말씀이십니까?"

"자네가 직접 나서지 않는다는 게. 물론 전체적으로 보기 위해서는 이렇게 조금 떨어져서 지켜보는 게 맞지만 그래도 직접 겪음으로써 알게 되는 것도 있지 않겠나."

"흐음."

유하성이 턱을 쓰다듬었다.

명견의 말도 일리가 있어서였다.

더욱이 그는 태극진을 개량하기는 했으나 직접 펼쳐 본 적 은 없었다.

합격진은 혼자서 펼칠 수 있는 게 아니니까.

'나도 연습할 필요는 있지.'

연구동의 어른들과 함께 발전시키고 있다고는 하나 전체적인 방향은 유하성이 잡고 있었다.

즉 큰 줄기는 유하성이 잡고 부족한 부분을 연구동의 어른들이 채우는 식이었다.

하지만 머리로 아는 것과 몸으로 직접 펼치는 것은 다른 문제였다.

머리와 몸의 간극은 생각하는 것보다 훨씬 컸다.

"이건 내 생각이야. 자네가 누구보다 바쁘다는 걸 잘 아니까. 아마 장문인과 금청당주에 버금갈 정도로 바쁜 게 자네일 텐데."

"아닙니다. 맞는 말씀이십니다. 저도 어쩔 수 없는 사람인가 봅니다. 당연한 걸 아무렇지 않게 넘어갔다니. 이런 좋은 기회가 있는데요."

유하성은 고개를 저었다.

명견의 말이 일리가 있어서였다.

오히려 유하성은 고마웠다.

자신이 놓친 부분을 명견이 짚어 주어서 말이다.

"좋게 받아들여서 다행이군. 허허허."

"백 번 보는 것보다 한 번 직접 겪어 보는 게 수십 배 낫죠."

"지금 바로 할 건가?"

"예. 쇠뿔도 단김에 빼라고 하지 않았습니까. 다행히 아직 승부가 나지 않기도 했고요."

연전연패를 하고 있음에도 원일과 원상, 원호, 원경은 계속해서 매화검수들에게 도전했다.

개개인은 물론이고 사문의 자존심이 걸려 있어서였다.

하지만 그건 화산파 역시 마찬가지였기에 절대 봐주지 않았다.

아니, 오히려 악착같이 이기려고 했다.

개인의 비무는 유하성이 있기에 감히 넘볼 수 없지만 합격진은 달랐다.

유하성에 비하면 승산이 확실했기에 매화검수들은 합격진만큼은 양보할 수 없다는 듯이 전력을 다했다.

"하산할 때 울면서 내려가는 건 아닌지 모르겠구나."

"그럴 리가요."

짐짓 안쓰럽다는 투로 명견이 말했다.

유하성이 직접 나선 이상 매화검진의 연전연승도 끝날 것 같아서였다.

물론 매화검수들과 달리 유하성은 사질들과 손발을 맞춰 본 적은 없었다.

그러나 중요한 건 유하성 자체가 격이 다를 정도로 강하다는 사실이었다.

'균형을 맞추려면 최소한 대제자가 나서야겠는데?'

천천히 사질들에게 다가가는 유하성의 뒷모습을 주시하며 명견이 내심 중얼거렸다.

현광을 포함하지 않으면 애초에 대련 자체가 성립할 것 같지 않아서였다.

굳이 합격진을 펼칠 것도 없이 유하성 혼자서 매화검수 네 명 정도는 가볍게 제압할 게 분명했다.

'대제자가 합류해도 결과는 똑같겠지만 중요한 건 과정이니까.'

단박에 무너지는 것과 가까스로 버티는 건 분명한 차이가 있었다.

그리고 유하성에게는 당연히 후자가 더 도움이 되었다.

승부가 쉽게 나면 부족한 점은 보이지 않았으니까.

"잠깐만 멈춰 주시겠습니까?"

"사숙?"

"아, 예!"

극도로 집중한 모습으로 거의 사력을 다해 대결을 하던 매화검수들이 황급히 뒤로 물러났다.

갑자기 들려온 유하성의 음성에 깜짝 놀라며 반사적으로 움직인 것이었다.

그리고 그건 사제들을 지휘하던 현중도 마찬가지였다.

그는 정말 깜짝 놀라며 눈을 동그랗게 떴다.

"한 가지 부탁드릴 게 있어서요."

"부, 부탁이요?"

느닷없이 다가온 것도 놀랄 일인데 부탁할 게 있다고 하자 통통한 체형처럼 현중의 두 눈이 동그래졌다.

근데 그건 같이 있던 사제들도 마찬가지였다.

뜬금없이 부탁할 게 있다고 하자 다들 놀란 것이었다.

"이번에는 저를 포함해서 오 대 오로 겨루어 보는 건 어떻습니까?"

"유 공자께서요?"

"네. 실례가 안 된다면요."

"좋습니다! 무조건 좋습니다!"

현중이 입을 열기도 전에 옆에 있던 현우가 냉큼 대답했다.

거의 고함을 지르듯이 우렁차게 소리쳤던 것이다.

"일단 결정은 난 것 같습니다. 그런데 유 공자께서 합류하면 저희 쪽에서도 한 명을 더 채워야 하는데……."

"고민할 필요가 있느냐."

"대사형."

"무게 추를 맞추려면 내가 나서는 게 낫지 않겠느냐?"

"그렇긴 하죠."

소리도 없이 다가온 현광이었으나 현중은 놀라지 않았다.

유하성이 나타난 만큼 현광 역시 귀신처럼 다가올 것을 짐작하고 있어서였다.

그리고 맞는 말이기도 했다.

무당파 측에서 유하성이 합류한다면 이쪽에서는 당연히 현광이 가세해야 했다.

"그럼 지금 바로 할까요?"

"휴식이 좀 필요하지 않겠습니까."

비무를 한 지 얼마 되지 않았음에도 현광은 벌써 몸이 달아오른 모양인지 열의 가득한 기색이었다.

그런데 그건 현우도 마찬가지였다.

그 역시 열망 가득한 표정이었다.

첫 단추를 잘못 끼워 미운털이 톡톡히 박혀 있었기에 언감생심 바라지도 못하고 있었다.

그래서 이번에는 최대한 첫인상을 바꾸는 데 주력하고 다음에 만나게 되면 그때를 노릴 생각이었다.

한데 유하성이 먼저 제안을 하자 현우는 고민하지 않고 곧바로 소리쳤다.

"저희는 괜찮습니다!"

"네가 언제부터 대표였다고 대답해? 여기에는 나도 있고 대사형도 계신데."

현중이 어이없다는 표정을 지었다.

원래부터 성격이 조금 안하무인이라는 걸 알고는 있었지만 그래도 무당파에 와서 나름 철이 든 현우였다.

더구나 사고도 안 치고 얌전히 있어서 이제 좀 사람이 됐나 싶었는데 이렇게 나서자 현중은 눈살을 살짝 찌푸렸다.

"모두들 같은 마음인 거 다 아는데요."

"그래도 건방져."

"그래서 안 하실 겁니까?"

"한마디도 안 지지?"

현중의 눈동자가 점점 더 가라앉았다.

그러나 현우도 만만치 않았다.

현중이 눈을 부라렸음에도 전혀 기죽지 않았다.

"사실을 말한 것뿐입니다."

"아이고, 두야."

두 눈 똑바로 뜨고 대꾸하는 현우의 모습에 현중이 이마를 짚었다.

실력은 확실하지만 안타깝게도 인성이 덜되었기에 현중은 순간적으로 현기증이 났다.

"현우야."

"……죄송합니다. 제가 주제넘었습니다."

하지만 정리는 생각보다 일찍 되었다.

현중의 말에는 눈 하나 깜빡이지 않는 현우지만 현광의 말이라면 달랐다.

"죄송합니다. 못난 모습을 보였습니다."

"괜찮습니다. 충분히 그럴 수 있습니다. 저도 겪어 본 적이 있는걸요."

"유 공자님이요?"

현광은 물론이고 현중과 현우도 두 눈을 휘둥그레 떴다.

눈앞의 유하성이 이런 하극상을 겪어 본 적이 있다고 하자 믿기지가 않았던 것이다.

"커험! 흠!"

그런데 그때 무당파의 제자들이 모여 있는 곳에서 헛기침을 하는 소리가 들려왔다.

동시에 원호가 슬그머니 고개를 돌렸다.

얼굴을 잔뜩 붉힌 채로 말이다.

유하성이 설명을 하지 않았음에도 자연스럽게 유추가 되는 상황에 현광은 물론이고 사형제들의 입꼬리가 꿈틀거렸다.

"완벽한 사람은 없지 않습니까. 실수도 하는 법이고."

"맞습니다. 저도 평소에 실수를 자주 하는 편이라. 그래도 잘못한 건 혼이 나야지요."

"……조심하겠습니다. 그리고 죄송합니다, 현중 사형."

현광이 지그시 바라보자 현우가 어쩔 수 없다는 듯이 사과했다.

무언의 압박에 결국 굴복한 것이었다.

그리고 그것으로 어쨌든 상황은 일단락되었다.

"저희는 준비되었습니다."

"지금 당장도 가능합니다."

상황이 어느 정도 정리되자 조용히 대화를 듣고만 있던 원일이 대표로 입을 열었다.

그러자 원호가 기다렸다는 듯이 말을 이었다.

비록 매번 지기는 했으나 회복만큼은 더 빠르다는 걸 보여주기 위해서였다.

더욱이 이번 대결에는 유하성도 함께하기로 했기에 원호의 입매는 연신 꿈틀거렸다.

"저희도 마찬가지입니다."

"바로 시작하시죠, 대사형."

원호가 애써 웃음을 참고 있다는 걸 화산파의 제자들이 모를 리 없었다.

실제로 유하성이 가세한다는 사실에 압박감을 느끼고 있었고.

하지만 그렇다고 해서 순순히 패배할 생각은 눈곱만큼도 없었다.

분명 유하성은 패왕이라 불리며 천하십대고수에 올려야 하지 않느냐는 말이 나올 정도의 강자였으나 단체전이라면 또 몰랐다.

'우리에게도 대사형이 계신다.'

'무당패왕은 대단하지만 함께하는 이들은 아냐. 우리가 계속 이겨 왔던 이들이다.'

매화검수들의 눈빛은 똑같았다.

유하성의 합류는 부담스러웠지만 반대로 기대도 되었다.

비록 일대일 비무는 아니지만 손 속을 겨루는 건 똑같았다.

게다가 나머지 네 명은 유하성과 비교하면 아무래도 수준 차이가 크게 났기에 승산이 아주 없다고는 생각하지 않았다.

"저희도 준비가 다 되었다고 하니, 시작할까요?"

"그러시죠."

"알겠습니다."

현광이 빙긋 웃으며 뒤로 물러났다.

시작하기 전 적당히 거리를 벌리는 것이었다.

그런데 그의 입가에 맺힌 미소는 좀처럼 사라지지 않았다.

비무에 이어 합격진 대결을 펼치자 흥분을 숨기지 못했다.

"허! 날 빼놓고 단체전이라니!"

그때 성이 잔뜩 난 이춘상의 목소리가 연무장을 갈랐다.

제갈세가와 대결을 펼치는 개방도들을 지켜보다가 뒤늦게 상황을 파악한 것이었다.

한데 서운해하는 건 이춘상만이 아니었다.

남궁준과 제갈성 역시 생각지도 못한 유하성의 가세에 얼굴 가득 아쉬움을 드러냈다.

"갑자기 생각난 거라."

"그럼 우리랑도 해!"

"그래."

떼쓰듯이 말하는 이춘상을 향해 유하성이 대수롭지 않은

투로 대답했다.

안 그래도 개방과 남궁세가, 제갈세가, 서문세가와도 겨루어 볼 생각이었다.

재료가 풍성할수록 요리의 맛이 다채롭듯이 경험도 마찬가지였다.

다양한 변수를 겪으면 겪을수록 태극진의 완성도 역시 높아질 것이기에 유하성은 거절하지 않았다.

"약속한 거다!"

"한 입으로 두말 안 한다."

"좋았으!"

예상과는 다르게 순순히 허락하는 유하성의 모습에 이춘상의 표정이 대번에 바뀌었다.

섭섭했던 기색은 한순간에 사라지고 흡족한 얼굴로 히죽웃었다.

원하는 결과를 쉽게 얻었기에 기뻐하는 것이었다.

"남궁세가, 제갈세가, 서문세가와도 차례대로 겨룰 생각입니다."

"감사합니다."

"하하. 안 그래도 부탁드리고 싶었습니다."

"저는 얼마든지 환영입니다!"

이어지는 유하성의 말에 남궁준, 제갈성, 서문광이 차례대로 대답했다.

특히 제갈성의 반응이 가장 격렬했다.

남궁준은 유하성과 비무를 한 적이 있지만 그는 아직이었다.

그래서인지 제갈성은 평소와 달리 흥분한 기색을 숨기지 못했다.

"얼추 정리된 것 같으니 시작할까요?"

"예."

갑작스러운 유하성의 참전에 연무장이 또다시 조용해졌다.

무당파와 화산파의 대결을 보기 위해 다들 하던 일을 멈추고 모여들어서였다.

이윽고 무거운 긴장감이 연무장을 짓누르기 시작했다.

"사부님도 하시는 거예요?"

"그런 것 같구나."

"헤에."

"합격진을 펼치는 건 처음 보지?"

"네!"

자신의 제자도 아니건만 하루에 한 번씩 꼭 찾아오는 명천이 이소향과 함께 연무장의 한쪽에 섰다.

그러면서 은근슬쩍 공력을 일으켰다.

혹시라도 대결 중에 날아온 파편에 이소향이 맞을지도 몰라서였다.

거리가 제법 있었으나 지금 연무장의 중심에 있는 열 명은 무당파와 화산파를 대표하는 후기지수들이었기에 조심하고 대비해서 나쁠 건 없었다.

"사실 나도 처음 본단다."

"사백조님도요?"

"응. 하성이가 합격진을 펼칠 일이 있었어야지. 함께 보조를 맞추려면 적어도 무율이 정도는 되어야 하는데 그 정도 무인은 본산에도 그리 많지 않으니까."

"자, 장문인이요?"

이소향의 두 눈이 동그래졌다.

무율 정도는 되어야 한다고 말하자 정말 크게 놀란 것이었다.

그 모습에 명천의 눈매가 반달을 그렸다.

"그렇단다. 달리 말하면 소향이의 사부가 그 정도로 대단한 무인이라는 뜻이지."

"헤헤헤."

"기분 좋으냐?"

"네!"

"사부 사랑이 아주 지극해."

명천이 짐짓 투덜거렸다.

진심으로 부럽다는 듯이 말이다.

하지만 서운한 기색을 내비치는 명천의 모습에도 이소향은 그저 방긋 웃었다.

"저는 사부님이 제일 좋아요."

"나는?"

"사백조님도 좋아요!"

"하성이보다 더?"

명천이 슬쩍 물었다.

대답을 알고 있지만 그래도 살짝 기대하면서 말이다.

"사부님이 제일 좋아요!"

"에잉!"

그러나 기대했던 대답은 나오지 않았다.

역시나 예상했던 대로의 대답이 나오자 명천이 진심으로 서운하다는 표정을 지었다.

"그리고 사백조님도 좋아요."

"이미 늦었어."

명천이 나이에 어울리지 않게 입술을 삐죽 내밀었다.

하지만 그런다고 한들 이소향의 대답은 바뀌지 않았다.

이소향의 마음속에는 언제나 유하성이 1등이었다.

그리고 그건 앞으로도 변하지 않을 것이었다.

"사백조님!"

"이제는 덥다. 떨어져."

"헤헤헤."

"덥다니까."

다리에 찰싹 안기는 이소향의 애교에 명천의 입매가 꿈틀 거렸다.

억지로 웃음을 참는 것이었다.

"첫 번째는 사부님이지만 두 번째는 사백조님이에요."

"정말?"

퉁명스럽던 명천의 표정이 대번에 밝아졌다.

그러나 한 번에 풀리지는 않았다.

창졸간에 표정을 수습하고는 못 믿겠다는 표정으로 고개 를 숙여 이소향을 바라봤다.

"네!"

"명덕이나 원상, 원호보다 더?"

"네!"

일말의 망설임도 없이 대답하는 이소향의 모습에 명천은 헤벌쭉 웃었다.

자신을 풀어 주기 위한 말이라는 걸 알지만 그럼에도 기분 이 좋은 건 어쩔 수 없었다.

"나는? 나는 몇 번째야?"

"어?"

그때 이소향의 옆으로 백현승이 개구지게 웃으며 다가왔

다.

얼굴 가득 장난기 가득한 표정으로 말이다.

그리고 그 옆에는 곽두일이 헛기침을 하며 서 있었다.

"나도 궁금하구나. 허허허."

"순서가 바뀔 수도 있다고 생각하는데. 사람 마음이라는 게 아침이랑 오후랑 다르잖아. 특히나 여자의 마음은 갈대라는 말도 있는데."

"허어. 감히 내 자리를 넘보는 것이더냐!"

명천이 기가 차다는 듯이 호통을 쳤지만 백현승은 놀라지 않았다.

처음에는 되게 어려운 사람이었는데 지금은 달랐다.

많이 편해졌기에 백현승은 제법 농담도 했다.

"예를 든 겁니다, 예를. 그럴 수도 있으니까요."

"허어. 요 맹랑한 녀석을 보게."

주눅 들지 않고 받아치는 백현승의 모습에 명천이 헛웃음을 흘렸다.

하지만 한편으로는 신선하기도 했다.

철혈의 군주라고 불렸던 그에게 이런 식으로 농담을 하는 이는 단 한 명도 없었다.

그나마 최근에 유하성이 있었을 뿐이었다.

"당장 저만 해도 아침의 마음과 저녁의 마음이 다른걸요. 또 궁금하기도 하고요. 제가 소향이에게 있어 몇 번째인지."

"우웅. 깊게 생각 안 해 봤는데요."

"헐. 진짜?"

"네."

백현승이 입을 쩍 벌렸다.

그래도 나름 친해졌다고 생각했는데 지금의 대답을 들어보니 또 그렇지만은 않은 것 같아서였다.

"그럼 지금부터 생각해 보면 되지."

"흐응."

놀라기는 했으나 백현승은 끈질겼다.

이대로 물러나지 않았던 것이다.

그런데 명천도 조용히 이소향을 주시하고 있었다.

말이 달라질지 지켜보는 것이었다.

"천천히 생각해 봐. 시간은 많으니까."

"어……."

백현승이 짐짓 여유로운 얼굴로 말했다.

당연히 바뀔 거라는 듯이 말이다.

하지만 백현승의 확신에도 불구하고 이소향은 섣부르게 대답하지 않았다.

이제 여섯 살이 된 만큼 이소향의 생각도 깊어졌다.

"눈치 볼 거 없어. 솔직하게 말하면 돼."

"그럼 말 안 할래요."

"어?"

"꼭 대답해야 하는 건 아니잖아요?"

"그, 그렇긴 하지."

생각지도 못한 대답이 나와서일까.

백현승이 말을 더듬었다.

그리고 명천은 파안대소를 터트렸다.

자신만만하던 표정이 삽시간에 당혹스럽게 변하자 웃겼던 것이다.

"그러니까 말 안 할래요. 첫 번째가 가장 중요하기도 하고요."

"허어."

백현승은 순간 이소향이 아기 여우로 보였다.

순진무구했던 이소향은 사라지고 꼬리가 두 개인 여우가 된 것 같은 모습에 백현승은 그저 입만 벌렸다.

"그럼 내가 공식적으로는 두 번째로구나."

"맞아요."

"으허허허!"

고작해야 열네 살의 사내아이를 이긴 것뿐인데 명천은 이상하게도 기분이 좋았다.

진짜 별거 아닌 일인데 기분이 좋아지자 명천은 옆에 있던 이소향을 덥석 안아 올렸다.

"어어?"

"으이그, 예쁜 것."

"꺄악!"

겉보기와는 다르게 은근히 꺼끌꺼끌한 하얀 수염이 볼에 닿자 이소향이 자기도 모르게 비명을 질렀다.

따가운 감촉에 본능적으로 소리를 지른 것이었다.

하지만 명천은 그 비명 소리가 들리지 않는 모양인지 연신 볼을 비볐다.

"그나저나 유 공자님이 펼치는 태극진이라. 궁금하기는 하네요."

"저도 그렇습니다. 다른 분도 아니고 유 공자님께서 함께 펼치는 태극진이라니."

주변에 명천이 있기에 백현승은 형님이라고 말하지 않았다.

이제는 대부분의 사람들이 그러려니 한다지만 그래도 조심해서 나쁠 건 없어서였다.

"저희도 개량을 해야 할 텐데 수련 때문에 시간이 안 나네요. 솔직하게는 발전을 시킬 엄두도 나지 않고. 지금도 잠을 최소로 줄였는데……."

"여기서 더 줄이시면 안 됩니다. 한창 성장할 시기인데요. 적당한 수면은 필수입니다."

곽두일이 조금의 여지도 두지 않겠다는 듯이 단호하게 말했다.

결사반대한다는 듯이 말이다.

"저도 알고는 있는데, 답답하네요. 할 일은 너무나 많은데 시간은 한정적이니."

"길게 보세요. 저도 다시 시작하지 않았습니까. 꾸준히 가다 보면 언젠가는 목적지에 도착할 겁니다."

"근데 사람 마음이라는 게 그렇잖아요. 조급해질 수밖에 없다는 거."

"그럴수록 더욱더 돌아가야 합니다. 공든 탑도 무너지는 건 한순간입니다."

곽두일이라고 백현승의 마음을 모르지 않았다.

아니, 오히려 더 조급할 수밖에 없는 건 그였다.

백현승과 달리 그는 남은 시간이 그렇게 많지 않았다.

하지만 그럼에도 곽두일은 조급해하지 않았다.

"유 공자님과 똑같은 말씀을 하시네요."

"소국주님에게는 시간이 많이 있습니다. 그러니 너무 급하게 생각하지 마세요."

"시간이 많이 남아 있다라……."

백현승이 말끝을 흐렸다.

틀린 말은 아니지만 그렇다고 크게 위안이 되는 말도 아니었다.

시간은 모두에게 공평하지만 결과는 그렇지 않았다.

그렇기에 곽두일의 말은 위로가 되지 않았다.

"소국주님은 잘하고 계십니다. 그러니 너무 걱정하지 마세요. 노력은 절대 배신하지 않습니다.”

“맞아요. 그걸 증명해 보인 사람도 있죠.”

점점 깊게 가라앉던 백현승의 눈빛이 살아났다.

마지막 말이 그의 심장을 다시 움직였던 것이다.

게다가 그는 혼자가 아니었다.

“맞습니다. 그러니 소국주님도 하실 수 있습니다.”

“제가 약한 소리를 했네요. 죽어라 해도 모자랄 판에.”

짝짝!

백현승이 양손으로 스스로의 볼을 때렸다.

정신을 차리긴 했으나 부족하다고 느껴서였다.

그래서 양 볼이 붉어질 정도로 세게 때리고는 두 눈을 부릅떴다.

유하성과 매화검수들의 대결에 집중하는 것이었다.

“공력은 딱 반 갑자, 삼십 년만 사용하는 건 어떻습니까? 내공을 너무 금제하는 것도 좋지 않은 것 같아서요.”

“삼십 년이라.”

유하성의 제안에 현광이 눈을 빛냈다.

내공을 일절 사용하지 않는 대결도 나름의 묘미가 있지만 그래도 아쉬움이 없던 건 아니었다.

힘이 있는데 사용하지 않는 답답함은 의외로 컸다.

물론 서로 같은 조건으로 겨루었기에 결과에 승복하지 않는 건 아니지만 그래도 아쉬웠던 게 사실이었다.

"과하게 사용할 필요까지는 없지 않겠습니까."

"맞습니다. 반 갑자 정도면 무공을 제대로 펼치기에는 충분하니까요."

삼십 년의 내공은 언뜻 보기에 적은 듯하지만 절대 그렇지 않았다.

일정 수준이 되면 내공의 총량은 그리 중요하지 않았다.

중요한 건 보유한 공력을 어떻게 사용하느냐였다.

검기상인의 최소 조건이 반 갑자이지만 절정고수는 삼십 년의 내공으로도 강기를 일으킬 수 있었다.

단지 유지시간이 극히 짧아서 그렇지.

즉, 똑같은 삼십 년이라고 해도 결과는 얼마든지 달라질 수 있었다.

그리고 그 결과를 가르는 게 바로 실력이었다.

"제대로 된 이십사수매화검법을 보고 싶기도 했고요."

"저도 같은 마음이었습니다. 무당파의 무공은 아무래도 내공과 함께 펼쳐야 제 위력을 발휘하니까요."

"그럼 조율이 된 듯하니, 시작하죠."

갑작스러운 제안이었으나 화산파 쪽에도 나쁜 제안은 절대 아니었다.

오히려 다들 속 시원하다는 표정이었다.

말을 하지는 않았지만 모두 답답한 마음이 없지 않아 있었던 것이 사실이었다.

그 제한이 어느 정도 풀렸기에 현우는 물론이고 현중도 씨익 웃고 있었다.

츠츠츠츠!

유하성의 말이 끝나기 무섭게 화산파 측에서 수십 개의 검세가 솟구쳤다.

본격적으로 이십사수매화검법을 펼친 것이었다.

그것도 혼자가 아니라 다섯 명이 함께 펼치자 허공이 검으로 가득 찬 듯한 모습이 되었다.

"호오."

빈틈이라고는 전혀 찾아볼 수 없는 빼곡한 검세에 원호가 자기도 모르게 탄성을 흘렸다.

천하에서 가장 아름다운 검법 중 하나라는 별명답게 다섯 명이 동시에 펼치는 이십사수매화검법은 장관이었다.

상대해야 한다는 사실을 잠시나마 망각할 정도로 말이다.

'확실히 다르긴 달라.'

그리고 그건 유하성도 마찬가지였다.

조금 전과 딱 두 가지가 바뀌었을 뿐인데 결과는 완전히 달랐다.

하지만 그래서 유하성은 마음에 들었다.

'역시 내공 금제를 풀길 잘했어.'

무수히 솟구치는 검세는 방금 전과는 완전히 다른 기세를 품고 있었다.

원래도 날카로운 기세를 풍겼었지만 지금은 차원이 달랐다.

내공을 사용하자 더욱 예리하게 변한 것이었다.

거기다 다섯 명이 같은 무공을 익혀서 그런지 위력이 배가 되었다.

-전체적인 지휘는 내가 한다.

-알겠습니다.

-지시만 내려 주십시오!

유하성의 전음에 사질들이 일제히 대답했다.

반론은 없었다.

다른 이도 아니고 유하성이었기에 다들 오히려 마음이 편안했다.

특히 원일이 가장 편안한 표정을 지었다.

-모두 우측으로.

-예!

일제히 쇄도하는 어마어마한 검세에 유하성이 지시를 내렸다.

중앙에서 사질들을 지휘했던 것이다.

그런데 그 모습에 현광은 물론이고 사제들도 의아한 표정을 지었다.

당연히 선두에서 선봉장처럼 달려들 줄 알았는데 예상과는 전혀 달라서였다.

—원상은 우측으로 두 걸음 가서 하단을 공격하고 원호는 좌측으로 세 걸음 가서 상단을 찔러.

—예!

—알겠습니다!

속사포처럼 들려오는 유하성의 전음에 원상과 원호가 곧장 반응했다.

조금의 의문도 품지 않고 유하성의 지시대로 움직이며 검을 휘둘렀던 것이다.

그러자 놀라운 일이 벌어졌다.

내공으로 인해 폭발적으로 늘어난 검세의 틈 사이로 두 사람의 검이 파고들었다.

"흡!"

"허업!"

생각지도 못한 반격에 매화검수 두 명이 기겁한 표정을 지으며 뒤로 물러났다.

그 정도로 원상과 원호의 검격은 위협적이었다.

절묘하게 검을 잡고 있는 두 사람의 손목을 노릴 정도로 말이다.

하지만 진짜 놀라운 일은 지금부터였다.

－원일과 원경은 달려들어.

－예!

－옙!

원호와 원상의 공격으로 인해 벌어진 틈을 유하성은 놓치지 않았다.

두 명의 매화검수들이 물러나기 무섭게 원일과 원경을 돌격시켰다.

"이익!"

그 결과 현중과 현우의 입에서 앓는 소리가 흘러나왔다.

절묘하다 못해 얄미울 정도로 빈틈을 물고 늘어져서였다.

"흩어져!"

그러나 무당파에 유하성이 있다면 화산파에는 현광이 있었다.

원일과 원경의 맹공에 두 사람이 주춤거리자 현광이 망설이지 않고 나섰다.

까가가강!

혼자서 두 명을 감당하며 현중과 현우가 호흡을 추스를 수 있도록 시간을 벌어 주었던 것이다.

그러면서도 그의 시선은 유하성에게 향해 있었다.

원일은 구룡에 꼽힐 정도의 고수였지만 유하성에 비할 바는 아니었다.

'나서지 않는다?'

안전하게 두 사제를 구출해 내고서 원일과 원경을 상대하던 현광의 두 눈에 의문이 떠올랐다.

자신이 나섰으니 당연히 유하성이 달려 나올 거라 생각했는데 그렇지가 않아서였다.

'왜지?'

현광의 눈동자에 당혹감이 떠올랐다.

그리고 그건 함께 매화검진을 구축하고 있던 사제들도 마찬가지였다.

이쪽에서 현광이 나선 만큼 당연히 무당파에서는 유하성이 마주 나올 거라 예상했다.

하지만 유하성의 선택은 달랐다.

까드드득!

유하성은 혼자 나서는 대신 사질들을 지휘하는 데 집중했다.

혼자서 해결하기보다는 함께 싸우겠다는 듯이 자신의 자리만 지켰다.

'이것도 나름 재미있는데?'

당혹감을 감추지 못하는 화산파 측과 달리 유하성은 속으로 상당히 즐거워하고 있었다.

사실 태극진에 대해 연구는 정말 많이 했지만 직접 합격진의 구성원이 되는 건 처음이었다.

그렇기에 유하성은 정말 많은 것들을 느끼고 있었다.

직접 진세 속에서, 일촉즉발의 긴장감과 묘한 흐름 등등 밖에서는 절대 느낄 수 없는 걸 체감하는 중이었다.

'의외로 손발도 잘 맞고. 아니, 정확하게는 나에게 맞춰 주는 건가?'

유하성은 합격진이 처음이었다.

그 말은 같이 훈련한 적이 단 한 번도 없다는 뜻이었다.

그런데 유하성은 조금의 위화감도 들지 않았다.

오히려 손발이 착착 잘 맞는 느낌이었다.

─일제히 물러나!

─알겠습니다!

거기다 네 명의 사질들은 정말 칼같이 그의 지시에 따라 주었다.

그가 말하는 것들을 완벽하게 이행했던 것이다.

'평균적인 수준은 상대가 위야. 하지만 합격진은 개인보다는 조직의 힘이지.'

똑같은 검법을 익히고 매일같이 합동수련을 하는 게 화산파의 매화검수들이었다.

하지만 그렇다고 해서 완벽한 건 아니었다.

사람인 이상 부족한 부분은 있을 수밖에 없었고 유하성은 바로 그걸 꿰뚫어 볼 수 있는 눈이 있었다.

내공을 사용하지 못해도 보는 능력이 어디로 사라지는 건 아니었다.

-일제히 뒤로 물러나! 딱 세 걸음만!

-예!

거기다 서로에 대한 신뢰로 따지자면 이쪽 역시 화산파에 절대 밀리지 않았다.

그걸 유하성은 확실하게 사용했다.

다섯 명이지만 마치 한 몸처럼 움직였던 것이다.

꽈아앙!

"컥!"

그리고 유하성은 단순히 지휘만 하지 않았다.

필요하다면 언제라도 선두로 올라와 매화검수들의 검격을 튕겨 냈다.

패왕이라는 별호에 걸맞게 힘으로 맞받아쳤던 것이다.

그럴 때마다 매화검진이 크게 흔들렸다.

"모두 달려들어!"

"옙!"

"으랏차!"

가끔씩 터져 나오는 유하성의 강공과 함께 사질들이 일제히 달려들었다.

유하성이 틈을 만들면 집요하게 그 빈틈을 물고 늘어졌다.

그게 몇 번이고 반복되자 매화검수들의 얼굴에 질린 기색이 맺혔다.

대비를 하고 있어도 워낙에 변칙적이고 유하성이 공격하

는 순간을 포착하기가 쉽지 않았기에 매화검수들로서는 짜증이 날 수밖에 없었다.

"침착해! 아직 승부는 나지 않았다!"

"예!"

귀신같이 틈을 찾아내서 공략하는 유하성으로 인해 사제들의 신경은 상당히 날카로워져 있었다.

가뜩이나 잔뜩 긴장해 있는데 얄미울 정도로 신경을 살살 긁으니 예민해질 수밖에 없었다.

대련에서는 실력도 중요하지만 그 못지않게 큰 영향을 끼치는 게 바로 심리적인 부분이었다.

유하성은 매화검수들에 비해 살짝 부족한 사질들의 실력을 심리전으로 메우고 있었다.

"우리는 우리의 방식으로 하면 된다. 그러니 평정심을 유지하고 집중해!"

"알겠습니다!"

유하성처럼 현광 역시 중심을 잘 잡아 주었다.

그리고 해서 신경이 예민해지지 않는 건 아니었지만 그렇다고 흥분하지는 않았다.

평정심을 잃는 순간 나락으로 떨어진다는 걸 잘 알아서였다.

그리고 그게 유하성이 바라는 바였다.

쌔애애액!

현광의 일갈에 매화검수들이 평정심을 되찾았다.

그와 동시에 수십, 수백 개의 검기가 사방을 집어삼키며 무당파 쪽으로 쇄도했다.

비록 삼십 년 정도지만 내공을 사용할 수 있게 되자 기세가 완전히 달라졌다.

"물러난다!"

"옙!"

지금까지 당한 걸 한 방에 되갚아 주겠다는 듯이 맹렬하게 쏟아지는 검기 다발에 유하성은 망설이지 않고 물러났다.

굳이 상대방이 원하는 대로 응해 줄 필요는 없어서였다.

오히려 상대방의 승부수를 무의미하게 만들면 이쪽에게 기회가 왔기에 유하성은 일말의 망설임도 없이 사질들을 데리고 물러났다.

"계속 공격해!"

그리고 그 속셈을 현광 역시 알아차렸다.

어차피 기호지세이기도 했고.

이번 공격이 실패하면 그들이 너무나 불리해졌기에 현광은 회수보다는 돌격을 선택했다.

꼭 무당파만 물고 늘어지라는 법은 없었다.

퍼퍼퍼퍽!

하지만 유하성의 지휘로 인해 화산파의 공격은 애먼 땅바닥만 갈랐다.

합격진이 처음이라고는 믿기지 않을 정도로 농익은 지휘를 선보이며 매화검진의 공격을 완벽하게 회피해 냈던 것이다.

으득!

조금의 성과도 없는 그 모습에 현광은 자기도 모르게 어금니를 악물었다.

득은 없고 실만 있는 결과에 짜증이 솟구쳤던 것이다.

그렇다고 대충 대결에 임한 것도 아니었다.

개인의 자존심과 사문의 자존심이 걸려 있기에 사력을 다해 회심의 공격을 펼쳤지만 얻은 건 없었다.

"가자!"

"흐아압!"

회심의 일격이었던 만큼 이번 공격에 사용한 내공도 상당했다.

그 말은 달리 말하면 무당파의 맹공을 막아 낼 힘이 부족하다는 걸 뜻했다.

쌔애애액!

그렇기에 유하성은 곧장 반격했다.

상대가 약해진 순간을 정확히 파고들었던 것이다.

"모두 물러나!"

힘이 빠지기 무섭게 기다렸다는 듯이 반격해 오는 무당파 진영의 모습에 현광이 다급히 소리쳤다.

내공이 아예 없는 건 아니었으나 지금 남아 있는 공력은 마지막 한 방울이었다.

때문에 방어에 사용할 수는 없었다.

그렇게 되는 순간 승리는 물 건너가기에 현광은 회피를 선택했다.

"어딜!"

"쉽게는 안 보냅니다!"

그러나 그걸 가만히 보고만 있을 무당파가 아니었다.

더욱이 지금껏 당한 게 있기에 다들 악착같이 달려들었다.

지금이 승부처임을 다들 깨달은 것이었다.

"흐읍!"

그 모습에 현광이 아랫입술을 깨물었다.

누군가는 희생을 해야 하는 순간임을 직감한 것이었다.

그리고 그 생각이 들기 무섭게 현광이 앞으로 뛰쳐나갔다.

사제들을 물리고 그가 나선 것이었다.

차차차창!

원일을 비롯해서 원상과 원호, 원경의 파상공세를 현광은 놀랍게도 혼자서 감당했다.

사방에서 쏟아지는 검기 세례를 그 혼자 막아 냈던 것이다.

덕분에 사제들은 안전한 거리까지 물러났지만 문제는 그였다.

웅웅웅!

심상치 않은 공명음과 함께 유하성의 손에서 이번 대결 처음으로 십단금이 펼쳐졌다.

그러자 현광의 표정이 딱딱하게 굳었다.

얼마 전 비무에서 저 십단금 한 방에 처참하게 패배했기에 긴장하는 것이었다.

물론 유하성 역시 삼십 년의 공력밖에 사용하지 못한다고 하나 현재 그는 약속된 내공을 전부 다 사용한 상태였기에 바짝 긴장한 얼굴로 검을 움켜잡았다.

쩌어어엉!

하지만 결과는 예상했던 그대로였다.

똑같은 상태였다면 모를까 얼마 남지 않은 공력으로는 십단금을 완벽하게 막아 내기 힘들었다.

"큭!"

입술을 비집고 흘러나오는 신음과 함께 현광이 주춤주춤 밀려 났다.

무당파 일대제자 네 명의 협공을 막아 냈던 그였으나 유하성은 어쩔 수 없었다.

게다가 이번 십단금은 일격이 다가 아니었다.

쩌어엉!

연이어 쇄도하는 반대쪽 일장에 어깨를 강타당한 현광이 뒤로 날아갔다.

검신으로 막지도 못하고 정타를 허용한 것이었다.

"대, 대사형!"

"으헉!"

속수무책으로 당해서 날아오는 현광을 현중이 받아 냈으나 충격을 완벽하게 해소하지는 못했다.

얼마나 위력이 강맹한지 통통한 그조차 바닥에 깊은 고랑을 만들어 냈다.

그러나 중요한 건 그게 아니었다.

현광을 날려 버리기 무섭게 유하성이 쇄도했다.

지금껏 지휘만 하던 그가 처음으로 달려들었던 것이다.

"차합!"

그 모습에 현우가 기다렸다는 듯이 마주 달려 나갔다.

안 그래도 유하성과 꼭 한 번 붙어 보고 싶었던 현우였다.

비록 일대일 대결은 아니지만 중요한 건 유하성과 겨룬다는 것이었기에 현우는 남은 공력을 모조리 끌어올려 이십사수매화검법을 펼쳤다.

파바바밧!

남아 있는 공력을 모조리 쥐어짠 현우의 손에서 검화가 찬란하게 피어났다.

혼신의 힘을 다했다는 걸 알 수 있을 정도로 현우의 눈빛과 표정은 진지했다.

하지만 안타깝게도 결과는 그가 상상했던 대로 나오지 않았다.

따아앙!

"컥!"

너무나 경쾌한 소리와 함께 현우의 신형이 튕겨져 날아갔다.

달려들던 속도보다 더 빠르게 튕겨졌던 것이다.

"하압!"

"찻!"

그러나 현광 다음 가는 고수인 현우가 꼴사납게 나뒹굴었음에도 매화검수들은 물러나지 않았다.

오히려 현우와 마찬가지로 지금이 유하성과 손 속을 나눌 기회라고 생각하며 돌격했다.

패배하더라도 모든 걸 쏟아붓고 지겠다는 기세에 유하성도 옅은 미소를 지으며 진지하게 상대했다.

쩡! 쩌엉!

물론 그 결과는 모두가 예상했던 대로였다.

누구도 유하성의 일격을 받아 내지 못하며 현우의 전철을 밟았다.

하지만 처참하게 바닥을 나뒹굴었음에도 매화검수들의 얼굴은 밝았다.

비록 지긴 했으나 소기의 성과가 있어서였다.

"결국 지고 말았네요. 혼자서는 힘들어도 합격진으로는

이기고 싶었는데."

하나같이 웃는 얼굴로 쓰러져 있는 사제들을 일일이 일으켜 세워 준 현광이 마찬가지로 웃으며 다가왔다.

바닥을 나뒹굴어서 그런지 말끔한 옷차림은 사라지고 흙투성이가 되었음에도 현광의 표정은 밝았다.

"이것마저 지면 사질들이 너무 힘들어하지 않겠습니까."

"그래서 마음이 편한 것도 있습니다. 이번 말고는 저희가 계속 이겼으니까요."

"서로에게 좋은 경험이 되었다고 생각합니다."

"십단금은 정말 겪으면 겪을수록 대단한 것 같습니다. 무당파에 그런 무공이 있을 줄이야."

밝은 얼굴과는 별개로 현광은 고개를 절레절레 저었다.

오늘로 두 번째 겪는 십단금이지만 정말 패도의 극치에 닿은 무공이었다.

심지어 열 번까지 가지도 않았는데 말이다.

"무공의 다양성은 중요하다고 생각합니다. 너무 편파적인 것도 좋지 않으니까요."

"맞습니다. 저도 그렇게 생각합니다. 사부님께서도 같은 생각이고요. 다만 문제는 알면서도 시도하기가 쉽지 않다는 점이죠."

"문제의 해결 방법은 아는 것에서부터 시작한다고 하지 않습니까."

"맞습니다. 아는 것과 모르는 것의 차이는 크니까요. 그래서 열심히 노력할 생각입니다."

"잘하실 겁니다."

유하성은 옅게 웃으며 응원해 주었다.

그도 했고 이춘상도 한 일을 현광이라고 하지 못할 리 없었다.

능력의 문제가 아니라 마음가짐의 문제라 생각했기에 유하성은 긍정적으로 생각했다.

"그리 말씀해 주셔서 감사합니다."

"별말씀을."

"그리고 사제들에게도 좋은 경험이 되었다고 생각합니다. 사실 유 공자님과 손 한번 겨뤄 보지 못하고 떠나는 건 아닌가 다들 걱정했거든요."

"안 그래도 느끼고 있습니다. 지금도요."

유하성의 시선이 연무장 한쪽에 모여 있는 매화검수들에게로 향했다.

그런데 모두의 눈빛이 하나같이 똑같았다.

부러움 반, 갈망 반의 눈빛으로 일어서는 매화검수들과 유하성을 번갈아 쳐다봤던 것이다.

"또 기회가 있었으면 좋겠습니다."

"그건 확답을 드리지 못하겠습니다."

"하하. 개인적인 바람입니다."

"이번에는 저희와도 한번 겨루어 보시는 게 어떻습니까?"

대화가 어느 정도 정리될 때 익숙한 목소리가 들렸다.

바로 남궁준의 목소리였다.

그리고 그 뒤로 아쉬움이 가득 담긴 이춘상과 제갈성의 표정이 보였다.

유하성 몰래 순서라도 정한 모양인지 이춘상은 얼굴을 잔뜩 찌푸린 채로 애꿎은 땅바닥만 내리찍었다.

"순서를 정한 모양이군요."

"예. 정정당당하게 제비뽑기를 했습니다."

"그럼 바로 시작하죠."

유하성이 싱긋 웃으며 말했다.

방금 전에 대결을 끝냈지만 유하성은 고민하지 않았다.

그의 교육방침은 강하게 키우는 것이었기에 휴식 시간은 생각하지 않았다.

제73장 성장통

오랜만에 유하성은 백현승과 독대했다.

늦은 밤에 백현승이 찾아와서였다.

또르륵.

느릿하게 채워지는 차를 백현승은 멍하니 바라봤다.

일정한 속도로 채워지는 차가 왠지 모르게 그의 시선을 끌어서였다.

"많이 피곤하냐?"

"어, 아뇨? 이제는 몸이 적응을 한 모양인지 괜찮아요. 저만 힘든 것도 아니고요."

"철들었네."

"철은 진즉에 들었죠."

"전혀."

자신의 찻잔에 차를 따르며 유하성은 단호하게 고개를 저었다.

백현승이 철이 든 건 대청표국이 멸문지화를 입은 뒤라고 생각해서였다.

그 전에는 그냥 딱 그 나이대의 철부지였었다.

"아닌데요."

"처음 만났을 때의 너는 완전 철부지였지. 넉살만 좋은."

"아닌데."

"말이 점점 짧아진다?"

유하성이 피식 웃었다.

이렇게 극구 부인하는 모습만 봐도 아직 어린 티가 났다.

만약 정신적으로 성숙했다면 남이 무슨 말을 하든 딱히 개의치 않았을 것이었다.

하지만 백현승은 정반대였다.

"그럴 리가요. 제가 이 세상에서 제일 존경하는 사람이 형님이신데요!"

"내가?"

"예! 원래는 아버지였었는데 지금은 돌아가셨으니까요."

"존경받으실 만한 분이셨지."

유하성이 씁쓸한 어조로 중얼거렸다.

동시에 살아 있었을 때의 백기륭이 떠올랐다.

생전에도 주변의 존경과 인정을 받았었지만 죽은 후에 그의 이름은 더욱더 널리 퍼졌다.

더불어 왜 덕을 베풀어야 하는지도 유하성은 배웠다.

"맞아요. 살아 계실 당시에는 잘 몰랐지만요."

"그러니 그 이름에 먹칠을 하면 안 돼. 대청표국을 재건하는 것도 중요하지만 난 이것 또한 그 못지않게 중요하다고 생각한다."

"물론이죠. 절대 아버지의 이름에, 할아버지의 이름과 대청표국에 먹칠하지 않을 거예요."

"그 마음이 끝까지 변하지 않았으면 좋겠구나."

"제가 변할 때마다 형님께서 따끔하게 혼내 주세요."

백현승이 씨익 웃으며 말했다.

다른 사람은 몰라도 유하성은 자격이 있었다.

"나이 먹어서도 네 뒷바라지를 해 달라는 거냐?"

"헤헤! 어떻게 아셨지?"

"됐다. 너 자립할 때까지 해 주는 걸로 나는 끝이야. 그 이상은 바라지 마라."

"우와. 되게 냉정하네요. 우리가 함께 보낸 시간이 얼마인데."

백현승이 짐짓 섭섭하다는 표정을 지었다.

그리고 그건 진심이었다.

농담처럼 말하긴 했으나 백현승은 유하성과 오래오래 함

께하고 싶었다.

언젠가는 헤어지겠지만 그래도 주기적으로는 만날 생각이었다.

"실없는 소리 하지 말고. 하고 싶은 말이 뭐야?"

"이렇게 훅 들어오기 있어요? 마음의 준비를 할 시간은 주셔야죠."

"그럼 약속을 하고 오든가."

"윽!"

뼈를 정통으로 때리는 한마디에 백현승이 심장을 부여잡는 척을 했다.

그러나 유하성은 꿈쩍도 하지 않았다.

"이제는 너도 완전 어린 나이는 아니다."

"경계에 선 나이이기는 하죠. 소년과 청년의 경계선에 있다고나 할까."

"입만 살았지?"

찻잔을 들어 올리며 유하성이 지그시 쳐다봤다.

째려보는 것도 아니고 그냥 응시하는 것뿐인데도 백현승은 이상하게 심장이 쫄깃해지는 기분이 들었다.

잘못한 게 없는데 이상하게 찔리는 느낌이라고나 할까.

"무공이 낮으니 입이라도 살아야지요."

"그것도 재능이라면 재능이다."

"하하하."

이제는 포기했다는 듯이 나지막하게 한숨을 내쉬며 유하성이 말하자 백현승이 멋쩍게 뒷머리를 긁적였다.

그러고는 슬쩍 유하성의 눈치를 살폈다.

"무슨 말을 하려고 그렇게 뜸을 들여?"

"어, 일종의 고민 상담이라고나 할까요. 형님도 아시잖아요. 제가 믿고 상담할 수 있는 사람이 무당산에서 형님밖에 없다는 걸요."

"곽 표두님도 계시잖아."

"곽 표두님은 무조건 제 편이잖아요. 반면에 형님은 완전 냉정하고 객관적이시잖아요. 맞는 말로 뼈도 잘 때리시고요. 언중유골의 대가라고나 할까."

"참나."

유하성이 어처구니없다는 표정을 지었다.

살다 살다 언중유골의 대가라는 말은 처음 들어서였다.

"어? 저뿐만 아니라 다들 그렇게 생각하는데. 혹시 못 들어 보셨어요?"

"……정말?"

"네. 형님에게 잔소리, 훈계 한 번 안 들어본 사람이 없잖아요. 하물며 명천 대협과 명덕 대협께도 할 말 다 하시잖아요."

"그렇다고 내가 틀리거나 이상한 말을 하지는 않잖아."

"맞죠. 맞습죠. 그런데 듣는 사람 입장은 생각 안 하시잖아요."

유하성의 말을 백현승은 인정했다.

지금까지 유하성이 타인에게 했던 말 중에 무의미한 말은 없었다.

다만 한 가지 짚고 넘어가야 하는 건 상대방을 배려하는 마음이 조금 부족하다는 것이었다.

당장 그만 하더라도 방금 전까지 말로 뚜드려 맞고 있었다.

"그랬나?"

"물론 그게 나쁘다는 건 아니고, 가끔 아프다는 거죠. 여기랑 여기가."

"욕을 돌려서 말하는 것 같은데. 지금 모습을 보면 나 없는 데서는 쌍욕도 했을 것 같은데?"

본인의 머리와 가슴을 순서대로 가리키는 백현승을 보며 유하성이 눈썹을 모았다.

왠지 모르게 의심이 들어서였다.

그러나 백현승은 떠보는 말에도 넘어가지 않았다.

"그럴 리가요. 제가 방금 전에도 말씀드리지 않았습니까. 제가 가장 존경하는 사람은 바로 형님입니다. 그런데 제가 어찌 형님 욕을 하겠습니까?"

"흐음."

"이것 참. 심장을 꺼내서 제 진심을 증명할 수도 없고. 참

난감하네요."

"뭐, 네 말도 완전히 틀린 말은 아니니까."

더 노려본다고 해서 원하는 대답이 나올 것 같지 않았기에 유하성은 모른 척 넘어갔다.

사람 모이는 곳에 뒷담화가 없다는 게 말이 안 되기도 했고 말이다.

그 당사자가 자신이라고 해도 이상할 건 없었다.

애초에 모두의 인정과 애정을 받는 이는 존재하지 않았다.

"너무하세요. 어떻게 저를 의심하실 수가 있습니까!"

"이해한다니까."

"아니라니까요!"

"지금 내 앞에서 소리치냐?"

"그, 그게 아니라……."

백현승이 움찔거리더니 이내 쭈그러들었다.

큰소리를 낸 건 사실이어서였다.

그래서 백현승은 눈알만 굴려 유하성의 눈치를 봤다.

"됐고, 고민이 뭔데 나한테 상담하고 싶다는 거야?"

"그러니까요."

"정리되면 말해. 충분히 기다려 줄 테니까."

"제가 잘하고 있는지 모르겠어요. 다른 사람들의 기대보다 성장하지 못할 것 같고."

"흐음."

주저리주저리 말하는 백현승의 모습에 유하성이 두 눈을 감았다.

내용은 산만했지만 핵심은 파악이 되었다.

그래서 유하성은 섣불리 말하지 않고 한 번 더 생각을 정리했다.

"어, 제가 말을 이상하게 한 것 같은데요."

"아냐. 이해됐어. 한마디로 겁이 난다는 거 아냐, 네 미래가."

"……맞아요."

백현승의 두 눈이 동그래졌다.

말은 길었지만 핵심은 저거였다.

분명 그는 남들이 부러워할 수밖에 없는 환경에서 무공을 수련하고 있었다.

몇몇 이들은 그가 이런 고민을 한다면 배부른 투정을 부린다고 손가락질하겠지만 그래도 어쩔 수 없었다.

각각의 상황에 맞는 고충은 있기 마련이었고, 그건 백현승도 마찬가지였다.

더구나 그의 못남은 단순히 백현승 혼자만의 문제가 아니었다.

"자세하게 설명을 해 봐. 대체 뭐가 그렇게 두려운 건지."

"저는 사실 누구보다 좋은 환경에서 무공을 수련 중이잖아요. 형님이 직접 진무 태극권을 전수해 주시기도 했고. 형님께서는 모르시겠지만 다른 사람들은 진무 태극권을 무당면장, 십단금과 같은 반열에 놓고 생각하더라고요. 면장과 십단금이 태극권에서 흘러나온 것처럼 진무 태극권 역시 마찬가지니까요. 그리고 형님 무공의 가장 근본이기도 하고요."

"그래?"

금시초문이었기에 유하성이 고개를 갸웃거렸다.

나름 사람들을 많이 만나고 다니지만 이런 말은 처음이어서였다.

하지만 그 반응은 짧았다.

이내 유하성은 계속 말해 보라는 듯이 눈짓했다.

"현재 형님의 진무 태극권을 배운 건 저와 소향이뿐이잖아요. 거기다 저는 형님께서 영약도 직접 흡수할 수 있게 도와주고 계시고요. 제가 운기행공 할 때 추궁과혈 해 주시는 거, 알고 있어요."

"그래? 아무 말 없기에 모르고 있는 줄 알았는데."

"제가 재능이 부족해도 그 정도로 무감각하지는 않아요. 저도 형님과 똑같은 오감을 가지고 있어요."

백현승이 입술을 삐죽 내밀었다.

너무 자신을 무시하는 것 같아서였다.

고맙다고 말하기가 민망해서 말하지 않은 건데 유하성은 그걸 다르게 받아들인 듯싶었다.

"알면 다행이고."

"본론으로 돌아가서 최선을 다하고 있기는 한데 결과가 꼭 노력한 대로 나오는 건 아니잖아요. 형님이 이렇게까지 신경 써 주시는데 기대치까지 성장을 못 하면 어떡하지 하는 생각이 매일 들어요."

 "정정하면 네가 익힌 건 진무 태극검이고. 그리고 그건 오직 너만 배우고 있는 거고."

 "……더 부담을 주시는 거예요?"

 백현승이 평소의 그답지 않게 울상을 지었다.

 둘에서 혼자가 되자 부담감이 더 엄습해 와서였다.

 "부담감을 이겨 내는 것도 네가 해야 할 일이야."

 "으으!"

 "부담감은 누구나 가지고 있어. 나도 마찬가지고."

 "형님도요?"

 "당연하지. 난 사람 아니야?"

 유하성의 말에 백현승은 반사적으로 고개를 끄덕였다.

 겉모습은 사람이지만 지금까지 유하성이 이룩한 걸 보면 자신과 똑같은 사람이라는 생각이 들지 않아서였다.

 "평소에 날 그렇게 생각했단 말이지?"

 "아, 이건 반사적으로 나온 행동이에요. 제 의지가 아니라."

 "어쨌든 부담감에 짓눌리는 건 당연한 거야. 네가 이상한 게 아니라. 그리고 제대로 가고 있다는 뜻이기도 하고."

"그건 걱정 안 해요. 다른 사람도 아니고 형님께서 직접 가르쳐 주시잖아요. 그 부분에 대해서는 절대 의심하지 않아요. 다만 제가 두려운 건 형님이나 곽 표두님의 기대를 저버릴까 싶어서요."

"노력했는데도 닿을 수 없다면 어쩔 수 없지. 네가 정말 최선을 다했다면 그거 가지고 뭐라 할 사람은 없어. 오히려 박수를 쳐 주면 모를까. 다만 네가 걱정하는 건 목표했던 경지에 오르지 못하는 거 아냐?"

유하성의 심유한 눈빛이 백현승의 동공에 닿았다.

마치 그의 속을 꿰뚫어 보듯이 말이다.

"솔직히 말하면 그것도 있어요. 정확하게는 영약까지 먹었는데 추월당하고, 따라잡지 못할까 봐요."

백현승이 두 눈을 질끈 감았다.

가슴속 깊은 곳에 있는 고민이었기에 꺼내기가 쉽지 않았다.

하지만 유하성이기에 백현승은 말할 수 있었다.

그 자신보다 믿는 게 유하성이었으니까.

"그게 뭐?"

"네?"

"추월당하면 어때? 세상이 무너져?"

"그, 그런 건 아니지만……."

"딱 까놓고 얘기해서 자존심이 상한다는 거 아냐?"

얼빠진 표정을 지었던 백현승이 입술을 깨물었다.

적나라하지만 지극히 맞는 말이었다.

정곡을 찌르는 말이기도 했고.

그래서 백현승은 말문이 막혔다.

"근데 그게 뭐? 네가 애초부터 얼마나 잘났다고. 영약 좀 먹으면 천재들을 가볍게 뛰어넘을 수 있을 거라 생각했어?"

"그건 아니지만……."

"아니면? 내가 가르쳐 주니까 뭐라도 된 것 같아? 천하십대고수는 우습게 될 수 있을 것 같아?"

"……."

백현승의 시선이 점점 아래로 내려갔다.

기세를 일으킨 것도, 꾸짖는 것도 아니었다.

그런데 이상하게 백현승은 유하성의 시선을 마주 볼 수 없었다.

"착각하지 마. 넌 밑바닥에서부터 시작하는 중이야. 네가 먹은 영약도 그리 대단한 영약도 아니고. 그거 먹는다고 막 네가 초절정고수가 되고 그러지 않아. 그저 수재들과 시작점이 비슷해졌을 뿐이지. 근데 벌써부터 따라잡힐 걸 걱정해?"

유하성이 기가 차다는 듯이 헛웃음을 흘렸다.

이런 쓸데없는 고민을 백현승이 하고 있을 줄은 몰라서였다.

"죄송합니다……."

"당연히 죄송해야지. 벌써부터 자만심에 빠지기 시작했는데."

"아뇨! 절대 그런 건 아니에요. 그저 제 주제를 잘 알아서 그런 거죠. 따라잡고, 앞서 나가는 건 좋지만 그게 얼마 가지 않을 걸 잘 알고 있으니까요."

백현승이 의기소침한 표정으로 고개를 푹 숙였다.

그도 사람인지라 남들보다 앞서고 싶고, 강해지고 싶었다.

하지만 백현승은 스스로의 재능을 잘 알고 있었다.

이곳에 득시글거리는 천재들, 수재들을 봤기에 그는 솔직히 자신이 없었다.

"너무 참 쓸데없이 생각이 많아."

"제 자신을 객관적으로 볼 수 있는 최적의 장소가 이곳이니까요."

"그래도 오만까지 가지는 않았네."

"거기까지 가기에는 뛰어난 사람들이 너무 많아요."

"그래서 포기하게? 네 수준을, 한계를 잘 아니까?"

꿀꺽.

유하성의 말에 백현승이 마른침을 삼켰다.

하지만 곧바로 대답하지는 않았다.

말을 듣는 순간 두 개의 생각이 동시에 머릿속에 떠올라서였다.

"고민한다는 건 포기하고 싶지 않다는 마음도 있다는 뜻이겠지. 그럼 답은 간단해. 그딴 생각 하지 말고 그냥 죽어라 수련하면 된다. 잡생각이 떠오르지 않도록."

"……명쾌하네요."

"네 고민도 여유가 생기니까 할 수 있는 거다. 아이들이 우는 거 본 적 있어?"

"생각해 보니, 없는 것 같아요."

"울 여유조차 없는 거다. 울 시간에 앞으로 어떻게 먹고살 지에 대해서 설계해야 하니까. 물론 아이들도 고민은 하지. 자신의 생계가 걸려 있으니까. 하지만 너처럼 배부른 고민은 하지 않아."

단순하면서도 명쾌한 유하성의 일갈에 백현승은 머리가 맑아졌다.

동시에 스스로의 문제가 무엇인지 깨달았다.

"역시 형님에게 상담하기를 잘한 거 같아요. 정신이 번쩍 드네요."

"어이가 없긴 하지만, 네 나이를 생각하면 충분히 그럴 수 있다고도 생각해. 철부지가 할 만한 고민이기도 하고."

"지금만큼은 부정할 수가 없네요."

"앞으로도 당분간은 부정할 수 없을 것 같은데."

"역시 답은 가까이에 있었어요."

유하성의 말을 못 들은 건지 아니면 못 들은 척을 하는 건지 백현승이 자기 할 말만 했다.

그러자 유하성이 실소를 흘렸다.

유하성이 보기에는 후자인 것 같아서였다.

"혼자 북 치고 장구 칠 거면 그만 가."

"감사합니다. 형님 덕분에 고민이 해결되었어요."

"해결되긴. 심마가 또 찾아올 거 같은데."

"시, 심마요?"

백현승의 안색이 창백해졌다.

경지가 낮을 때는 찾아오지 않는 게 심마였다.

하지만 경지가 높아질수록 비례해서 무서운 게 바로 심마였기에 백현승의 동공이 눈에 띄게 흔들렸다.

"심마라고 해서 다 무시무시한 건 아냐. 지금 네가 겪고 있는 것 또한 심마의 하나지. 그러니까 애꿎은 데 심력 쏟지 말고 하던 일이나 잘해. 이제 네가 책임져야 하는 식구들만 백 명이 넘어."

"그렇게 말하니 어깨가 더더욱 무거워지는데요."

"높은 자리에 있으려면 그걸 다 감당해야 해. 돌아가신 국주님은 너보다 더 무거운 짐을 어깨에 짊어지고 계셨어."

"분명 위로가 아닌데 신기하게도 힘이 나네요. 오기가 생긴다고 해야 하나."

백현승이 두 주먹을 불끈 쥐었다.

별다른 말도 아닌데 이상하게 느낌이 달랐다.

"각자 위로 방식이 다른 거니까."

"그 말씀은 저를 위로해 주셨다는 겁니까?"

"네가 그렇게 받아들이면 그런 거겠지."

"흐흐흐흐!"

"어쨌든 부담감이라는 게 꼭 나쁜 것만은 아냐. 적절한 부담감은 발전의 계기가 되기도 하니까. 반대로 부담감에 잡아먹혀 자멸할 수도 있지만."

후자는 섬뜩하기 짝이 없는 말이었으나 백현승은 흘려들었다.

중요한 건 그렇게 되지 않으면 되는 일이었다.

그리고 백현승은 유하성의 말을 기억했다.

쓸데없는 고민 할 시간에 수련이나 하라는 말을 말이다.

"앞으로 더욱더 열심히 할게요. 정말 미친 듯이요. 마음 같아서는 폐관수련을 하고 싶은데 상황이 여의치 않으니."

"폐관수련을 한다고 해서 꼭 엄청나게 성장하는 건 아니다. 중요한 건 마음가짐이지. 어디에 있는지가 중요한 게 아니라 어떻게 할 것인지가 중요해."

"각골명심하겠습니다! 참, 형님. 그거 아세요?"

"뭘?"

"소향이를 좋아하는 놈들이 꽤나 많다는 사실을요."

백현승이 목소리를 낮추며 말했다.

이 자리에는 둘밖에 없는데 말이다.

"당연히 많겠지."

"아니, 그런 의미가 아니에요."

흐뭇하게 웃는 유하성의 모습에 백현승이 고개를 크게 저었다.

말의 의미를 너무 단순하게 받아들인 것 같아서였다.

"아니면?"

"장차 자신의 신붓감으로 생각하는 녀석들이 있더라고요."

유하성의 표정이 삽시간에 변했다.

봄날의 훈풍과도 같았던 표정이 한순간에 싸늘하게 바뀌자 실내의 온도도 덩달아 낮아진 느낌이었다.

그러나 백현승은 이게 당연하다고 생각했다.

당장 그만 하더라도 이소향에게 흑심을 품는 놈들이 마음에 들지 않았으니까.

"자세히 말해 봐."

"아직 증거가 있는 건 아닌데 제가 보기에는 그래요. 특히 몇 명이요."

"몇 명이라면 그중에서도 눈에 띄는 녀석이 있다는 말이지?"

"맞습니다. 개중에 가장 티를 많이 내는 게 금와장입니다. 황주성이요. 처음에는 그냥 친하게 지내는 줄 알았는데, 자세히 지켜보니 소향이에게 완전 빠진 것 같아요."

"황주성이라."

유하성의 미간이 좁혀졌다.

사실 그간 유하성은 황주성에게 딱히 관심이 없었다.

황주연의 동생이자 금와장주인 황만덕의 막내아들.

딱 이 정도가 유하성이 기억하는 황주성이었다.

"하지만 아무 걱정 하지 마십시오. 제 선에서 다 정리하겠습니다. 제가 또 그 정도 능력은 있지 않습니까?"

"네가 흑심이 있는 건 아니고?"

"에이! 저 열네 살입니다. 소향이는 여섯 살이고요! 그리고 제 취향은 이미 확고합니다!"

백현승이 무슨 소리냐는 듯이 역정을 토해 냈다.

그런데 평소였다면 강한 부정은 강한 긍정이라고 말했을 텐데 유하성은 그러지 않았다.

눈빛에서 한 톨의 흑심도 없음을 알 수 있어서였다.

대신 복건성에서 만났던 이들 중 한 명이 갑자기 떠올랐다.

"혹시 백봉표국의 소국주인 설소연 소저?"

"헙!"

무심코 흘러나온 유하성의 한마디에 백현승이 대경실색했다.

마치 귀신이라도 본 것처럼 하얗게 탈색된 얼굴로 몸을 떨었다.

"뭐야? 찔러본 건데 맞았나 보네? 어쩐지 눈빛이 심상치 않더라니. 너의 첫사랑이었구만?"

"어, 어떻게……!"

"근데 아직도 좋아하나? 나이 차이가 제법 날 텐데. 거기다 안 좋은 일을 겪기도 했고."

"알아요. 그래도 첫사랑이니까요. 첫사랑은 이루어지지 않는다는 말도 있잖아요."

누구에게도 말하지 않았던 사실을 들켰음에도 백현승은 의외로 회복이 빨랐다.

놀란 건 사실이지만 그렇다고 설소연에게 고백할 생각도 없어서였다.

그렇기에 백현승은 순순히 인정했다.

"여자 생각할 시간이 어디 있어? 수련이나 해."

"안 그래도 그러려고요. 자리 잡기 전까지 혼인은 하지 않을 생각입니다! 일단 저도 서른둘까지는 안 하려고요! 그럼 전 이만 가 보겠습니다!"

백현승은 자기 할 말만 하고 잽싸게 내뺐다.

앉아 있으면 한 소리 들을 게 뻔하기에 냅다 도망친 것이었다.

"참나."

한 줄기 바람처럼 사라진 백현승의 모습에 유하성이 어처구니없다는 듯이 실소를 흘렸다.

왜 굳이 서른두 살을 거론했는지 이유가 짐작이 가서였다.

그런데 그 말이 이상하게도 아련하게 머릿속에 계속 남아 있었다.

방 안에 어색한 침묵이 내려앉았다.

갑자기 찾아온 현광으로 인해 분위기가 묘해졌던 것이다.

보통이라면 넉살 좋은 이춘상이 자연스럽게 분위기를 주도했을 텐데 지금은 달랐다.

경쟁심 때문인지 이춘상도 조용히 차만 들이켰다.

"많이 놀라셨죠? 갑자기 찾아와서."

"놀라기보다는 당황했죠. 이렇게 찾아오신 적이 없어서."

"떠나기 전에 두 분께 인사는 드려야 할 것 같아서요."

"떠나십니까?"

유하성은 물론이고 조용히 대화를 듣고만 있던 이춘상도 살짝 놀란 표정을 지었다.

이렇게 갑자기 떠날 줄은 몰라서였다.

"예. 일정보다 너무 오래 머물렀거든요. 물론 그만큼 얻은 게 참 많다고 생각합니다. 두 분을 비롯해서 많은 분들께 감사하게 생각하고 있습니다."

"이거 저를 돌려 까는 건 아니죠?"

"물론입니다. 절대 그런 의미로 말한 게 아닙니다. 혹 진심이 안 느껴졌나요?"

"그런 건 아닙니다만."

말끝을 흐리던 이춘상이 고개를 저었다.

오랜 시간은 아니지만 무당산에서 함께 지내며 봐 온 현광은 상당히 진중한 남자였다.

가끔 농담도 하는 유하성과 달리 현광은 진지함의 화신이었다.

때문에 이춘상은 의심을 접었다.

"무당산에 와서 정말 많이 배웠습니다. 좋은 경험도 많이 얻었고요. 사부님의 조언을 따른 게 정말 잘한 선택 같습니다."

"화산무제께서 보내신 겁니까?"

"예. 사부님께서 이왕 세상을 둘러보는 거 무당산에는 꼭 가 보라고 하셨습니다."

"이유는 이 녀석 때문이겠네요."

"하하하."

이춘상의 말에 현광은 그저 웃었다.

긍정도 부정도 하지 않았으나 이춘상은 지금의 미소가 긍정을 뜻한다는 걸 알았다.

"이 녀석만 아니면 내가 최고였을 텐데."

"난 그렇게 생각하지 않는데."

"빈말이라도 좀 해 주면 어디가 덧나냐?"

"사실을 말한 거지. 소림사에서 나를 안 만났으면 넌 여전히 똑같이 살고 있었을걸?"

"……화가 나지만 부정할 수가 없네."

이춘상이 깊은 한숨을 내쉬었다.

얄밉지만 인정할 수밖에 없어서였다.

물론 운명이라는 게 한 치 앞을 볼 수 없기에 유하성의 말이 틀렸을 수도 있었다.

하지만 중요한 건 이춘상 스스로 생각하기에도 유하성의 말대로 되었을 가능성이 컸다.

"두 분은 참 우애가 깊으신 것 같습니다."

그때 갑자기 현광이 뜬금없는 한마디를 했다.

그것도 두 눈 가득 부러움을 담고서 말이다.

"우애요?"

"설마요."

"티격태격하는 것도 친해야 할 수 있는 것이지 않습니까. 저는 솔직히 말하면 부럽습니다. 사실 저는 친구라고 할 만한 사람이 없거든요."

현광이 처음 보는 표정으로 중얼거렸다.

항상 짓고 있던 옅은 미소 대신 씁쓸한 표정으로 말이다.

"그래서 두 분이 정말 부러웠습니다."

"확실히 마음이 맞는 친구가 있다는 건 좋은 일인 것 같습니다. 조금 시끄럽기는 해도요."

"시끄럽다니. 분위기를 띄우고자 하는 나의 노력을 그런 말로 폄하하다니!"

"굳이 네가 띄울 필요는 없지."

또다시 티격태격하는 두 사람의 모습에 현광이 진심으로 부러운 표정을 지었다.

수련이 좋아 밥 먹듯이 폐관을 했지만 그로 인해 친구라고 할 수 있는 이가 없었다.

대제자이기에 그 위치에 어울리는 모습을 늘 보여 주어야 했고 말이다.

그렇다 보니 친구를 사귀고 싶어도 사귈 수가 없었다.

"나이가 어떻게 되십니까?"

"올해 서른둘입니다."

"어?"

"응?"

도명은 알지만 나이는 몰랐기에 물어보았던 이춘상이 순간 두 눈을 크게 떴다.

설마하니 자신과 동갑일 줄은 몰라서였다.

그리고 그건 옆에 있던 유하성도 마찬가지였다.

서른둘이라는 말에 유하성은 자기도 모르게 이춘상을 쳐다봤다.

"신기하네. 이렇게 셋이 모였는데 동갑인 건 확률적으로 흔치 않은 일인데."

"그러게."

"두 분의 나이도 서른둘이십니까?"

그런데 놀란 건 두 사람뿐만이 아니었다.

현광도 처음 듣는 건지 두 눈을 동그랗게 떴다.

"그렇습니다."

"허어."

"신기한 일이긴 한데, 나이가 같다고 또 갑자기 친구가 되는 건 아니니까요. 그래도 앞으로 자주 보면 친구가 될 수도 있겠죠."

유하성이 어이없다는 눈빛으로 이춘상을 쳐다봤다.

만나자마자 질척거린 게 바로 이춘상이었기 때문이다.

심지어 동갑이라는 걸 알자마자 친구 먹자고 말을 꺼낸 것도 이춘상이었다.

그런데 점잖을 떨며 이렇게 말하자 유하성은 어처구니가 없었다.

"맞습니다. 서로 친해지기까지는 시간이 걸리니까요. 그래도 저는 기분이 좋습니다. 가능성이 없는 것과 있는 것은 다르니까요."

"……그렇죠."

이춘상이 이상야릇한 표정을 지었다.

그의 의도와는 다르게 받아들인 것 같아서였다.

하지만 그걸 콕 짚어서 말하는 것도 애매모호했기에 이춘상은 유하성을 힐끔거렸다.

그런데 시선을 옮기자 유하성이 어처구니없다는 눈빛으로 자신을 바라보는 게 보였다.

"흠흠!"

그 시선에 과거의 일이 떠오른 이춘상은 괜히 고개를 돌리며 헛기침을 했다.

뭐라 말하지는 않았으나 괜히 찔려서였다.

"다음번에 만났을 때는 오늘보다 좀 더 가까워졌으면 좋겠습니다."

"굳이 그럴 필요 있겠어?"

"예?"

"지금부터 편히 하자고. 동갑인데 서로 계속 존대하는 것도 웃기고. 한두 번 본 것도 아닌데. 저 녀석은 초면에 장난질을 하고 대뜸 반말부터 했는데."

이춘상의 얼굴이 확 붉어졌다.

소림사에서 유하성과 처음 마주했을 때가 떠올라서였다.

그때는 진짜 오만방자함이 절정에 달해 있던 시절이었다.

막무가내도 그런 막무가내가 없었고.

"허어. 정말 그랬습니까? 아니. 그랬어?"

"어. 표정만 봐도 알잖아."

유하성이 물꼬를 터 주자 현광도 자연스럽게 말을 편하게 했다.

그러면서 정말 의외라는 표정으로 이춘상을 쳐다봤다.

행동거지가 가볍기는 해도 예의는 지키는 이가 이춘상이었다.

한데 유하성과의 첫 만남이 그랬다고 하자 놀라웠다.

"왜 갑자기 옛날얘기를 꺼내고 그래?"

"네가 거짓말을 하는 게 어이없어서."

"흠흠! 거짓말이라니. 조금 미화를 해서 말한 거지."

"미화?"

유하성이 코웃음을 치며 반문했다.

단어가 의미와 전혀 어울리지 않아서였다.

하지만 뻔뻔함의 대명사인 이춘상은 당당했다.

"어쨌든 내 덕분에 좋게 친해진 건 사실이잖아? 내 넉살이 아니었으면 우리가 이렇게까지 친해지진 않았을걸?"

"너무 자기중심적인 생각 같은데. 난 안 친해졌어도 딱히 상관이 없었을걸."

"허! 치사하게 이렇게 나온단 말이지?"

이춘상이 헛웃음과 함께 얼굴 가득 서운한 표정을 지었다.

근데 그게 사실이라 따질 수도 없었다.

"치사한 건 너고. 왜 갑자기 현광을 견제해?"

"견제라니. 난 그냥 친해지기까지 시간이 좀 걸릴 것 같아서 그러는 거지. 나랑은 성격이 정반대니까."

"나를 배려해 주었군."

"바로 말을 놓네."

슬그머니 반말을 하며 끼어드는 현광의 모습에 이춘상이 입맛을 다셨다.

그러나 뭐라 하지는 않았다.

유하성이 말을 놓자고 했는데 그가 훼방을 놓는 것도 이상해서였다.

또 저지른 짓이 있기에 안 된다고 할 수도 없었다.

"시간이 필요하다면 그리해 줄 수 있네. 어려운 건 아니니까."

"됐어. 이미 놨으면서. 한번 놓으면 끝이지."

"허허허허."

현광이 빙그레 웃었다.

생각지도 못한 관계 진전에 기분이 좋아진 것이었다.

유하성과 이춘상도 그를 지켜본 것처럼 그 역시 두 사람을 지켜봤기에 더더욱 기꺼웠다.

"어디로 가게?"

"무당산을 올랐으니 이제는 소림사에 가 봐야 하지 않겠어?"

"역시 그런가."

"우리 역시 넘어야 할 곳이기도 하고."

"한마디로 무당파는 중간 관문이라는 거네?"

유하성이 정곡을 찔렀다.

그런데 놀랍게도 현광은 부정하지 않았다.

굳이 아니라고 잡아뗄 필요는 없다고 생각해서였다.

"일단은 무당부터 넘어야 소림에 도전할 수 있으니까."

"이야~! 패기 보소. 무당패왕을 앞에 두고 도전장이라니. 역시 화산의 대제자는 다른 건가?"

"다 아는데 아니라고 하는 게 더 이상하지 않나? 친구가 된 첫날부터 속이고 싶지 않았고. 그리고 소림이 목표인 건 무당 역시 마찬가지잖아?"

이춘상의 짓궂은 말에도 현광은 당황하지 않았다.

대신 깊은 눈동자로 유하성을 바라봤다.

"선의의 경쟁자라는 건가."

"맞아. 혼자는 힘들잖아?"

"목표는 누구나 가질 수 있는 거니까."

굳이 부연설명이 아니더라도 유하성은 현광의 마음을 이해했다.

그 역시 같은 마음이었으니까.

그리고 꿈과 목표는 누구나 꾸고 가질 수 있었다.

심성이 고약한 이들은 싹이 자라기도 전에 짓밟기도 하지만 적어도 유하성은 그런 인간이 아니었다.

"그러니 경각심을 가지는 게 좋을 거야. 화산파가 늘 뒤쫓고 있으니."

"선전포고인가?"

"그렇지. 하하."

말은 선전포고라고 했지만 정작 현광의 기세는 부드럽기 그지없었다.

경쟁을 한다고 해서 꼭 상대방을 찍어 눌러야 하는 건 아니었다.

"나도 한마디 하자면, 뒤쫓는 게 그리 쉽지만은 않을 거야."

"당연히 알고 있지. 무당산에 와서 절절하게 느꼈으니까. 하지만 한편으로는 그렇기에 더더욱 투지가 샘솟기도 해."

"어후. 무공광들."

유하성과 현광의 대화에 이춘상이 고개를 절레절레 저었다.

꼭 저렇게까지 해야 하나 싶어서였다.

그런데 화살이 이번에는 그에게로 향했다.

"너도 분발해야 할걸. 따라잡히지 않으려면."

"날 너무 무시하는 거 같은데, 나도 만만치 않은 사람이야!"

"현광도 만만치 않지."

이춘상이 발끈했다.

그러나 그 모습에 유하성은 도리어 미소 지었다.

흥분한다는 건 이춘상 역시 의식하고 있다는 뜻이었다.

현광이 그에게 있어 위협적인 무인이라는 걸 말이다.

"넌 누구 편이야?!"

"누구의 편도 아니지. 어떻게 보면 너희 두 사람 역시 내게 있어 경쟁자이니까."

"호적수는 나다!"

"흠흠! 나도 한자리 차지하고 싶은데."

애처럼 떼를 쓰는 이춘상을 유하성은 무시했다.

한두 번도 아니었기 때문이다.

그런데 거기에 현광이 슬그머니 합류했다.

지금의 상황이 너무나 재미있다는 듯이 말이다.

"그건 알아서들 생각하고. 현광은 언제 또 볼지 모르겠네."

"화산파에 찾아와도 되고, 아니면 용봉회 때 볼 수도 있을 듯싶은데. 이번 차례는 우리였으니까."

"화산파였었나?"

"전쟁도 마무리되었으니 빠르면 내년에 열릴 듯싶어."

유하성이 두 눈을 껌뻑거렸다.

용봉회에 관심이 없다 보니 다음 차례가 화산파였다는 사실도 몰랐다.

그러면서 유하성은 화산파에 한번 가 보는 것도 나쁘지는 않겠다고 생각했다.

명운이 귀천하고 짧게 강호를 유람했을 때 아쉽게도 화산파는 가지 못했었기에 기회가 되면 가 보는 것도 괜찮을 듯

싶었다.

"올해는 힘들고, 내년이면 가능할 것 같기도 해. 안 그래도 말이 슬슬 나오고 있으니까."

"아마 이번 용봉회의 주인공은, 태풍의 핵은 하성이겠지."

"너도 참석해야지?"

"당연히. 친구들이 온다면야 얼마든지 참석할 수 있지."

화산에 입문한 뒤로 현광의 삶은 오직 수련뿐이었다.

외부 활동을 안 하는 건 아니었으나 대부분의 시간을 폐관 수련으로 보냈다.

그 시간을 후회하지는 않았지만 이제는 그렇게 살고 싶지 않았다.

혼자서 성장하는 데는 한계가 있다는 걸 이번에 깨달아서였다.

'함께하는 즐거움을 알기도 했고.'

거기다 사형제들과 손발을 맞출 필요성을 이번에 절실하게 깨달았다.

유하성과 무당파의 제자들과 몇 번의 합격진 대결을 펼쳤는데 그때마다 그와 사제들은 깨졌다.

얄미울 정도로 유하성이 매화검진의 취약점을 물고 늘어져서였다.

물론 그 덕분에 부족한 점을 깨닫긴 했으나 분한 건 어쩔 수 없었다.

'다음번에는 반드시 이긴다.'

현광의 두 눈 깊은 곳에서 승부욕이 활활 불타올랐다.

일대일 비무로는 이기기 힘들겠지만 사제들과 같이 노력한다면 합격진 대결만큼은 이길 수 있을지도 몰랐다.

적어도 개인 대 개인으로 붙는 것보다는 가능성이 높았기에 현광은 강호유람을 하면서도 사제들과 계속 손발을 맞출 계획이었다.

"그럼 다음에는 화산에서 볼 가능성이 크겠네."

"하성이 네가 온다면 말이지."

"갈 거야. 소향이도 너무 이곳에만 머무는 건 좋지 않으니까. 수련도 좋지만 넓은 세상을 보는 것도 중요하더라고. 나도 많이 못 돌아다니기도 했고. 사부님께서도 그걸 가장 아쉬워하셨거든. 뭐가 그리 급해서 삶을 누리지 못했을까 하고."

"맞는 말이야."

현광이 고개를 주억거렸다.

그의 사부 역시 똑같은 말을 했었다.

이 정도 폐관수련을 했으면 평생 할 거 다 했다면서 말이다.

그리고 이제는 그 말을 십분 이해할 수 있었다.

"개인적으로 궁금하기도 했고. 중원오악 중 서악이 화산이잖아."

"매력이 넘치는 곳이지. 본산은."

자부심이 가득한 어조로 현광이 씩 웃었다.

몇몇 이들은 아름답기보다는 위협적인 산세라고 하지만 현광의 생각은 달랐다.

오히려 다른 산들과 차별되기에 개성 있다고 생각했다.

"그렇게 말하니 더 궁금하네."

"화산이 개성 넘치기는 하지. 산세가 특이하긴 하니까."

"특이하다기보단, 특별하지."

현광이 이춘상의 말을 정정했다.

적어도 그를 비롯하여 화산파의 제자들은 화산을 특별하게 생각했다.

"개성이 없는 것보다는 낫지. 나름 명산이기도 하고."

"나름이라니. 화산은 유일하다네, 춘상."

"으윽! 그렇게 진지하게 내 이름을 말하니까 적응이 되지 않는데. 내 이름을 편하게 부를 수 있는 또래는 하성이가 유일했는데."

"차차 적응이 될 게야."

"그런 말을 들으니 적응이 되고 싶지 않은데."

말갛게 웃으며 말하는 현광과 달리 이춘상은 묘하게 떨떠름한 표정을 지었다.

청개구리 같은 성격답게 지금의 상황을 순순히 받아들이지 않은 것이었다.

"이거 섭섭한데. 무당산에서 제일 많이 대련한 게 바로 나인데."

"내가 원하지는 않았었지."

"하지만 서로에게 도움이 된 것 또한 사실이지."

"쓸."

이춘상이 입맛을 다셨다.

이 부분에 대해서는 반박의 여지가 없어서였다.

그래서 인정할 수밖에 없었다.

"다음에는 결과가 달라질 거야."

"현재 승률은 내가 높아."

"언제든지 뒤바뀔 수 있는 정도지."

"글쎄. 과연 그럴까?"

이춘상의 입가에 의미심장한 미소가 맺혔다.

그런데 그건 현광 역시 마찬가지였다.

유하성은 아직 멀었지만 이춘상과의 격차는 그리 크지 않다고 생각해서였다.

그렇기에 현광은 얼마든지 뒤집어질 수 있다고 생각했다.

"다음에 보면 알게 되겠지."

"맞아. 달라지지 않았다는 걸 말이지."

"후후후."

서로 똑같은 표정으로 상대방을 보는 두 사람의 모습에 유하성은 조용히 차를 들이켰다.

저 둘의 대화에 굳이 끼고 싶지 않아서였다.

두 사람 말고도 유하성이 신경 써야 하는 사람들은 많았다.

'이번에 소향이에게 가르칠 부분이……'

두 사람이 떠들거나 말거나 유하성은 오늘 이소향에게 가르칠 초식과 투로에 대해서 차분히 곱씹었다.

"난 더 있고 싶은데. 나 혼자서도 잘 지낼 수 있는데. 누나, 나는 더 있으면 안 돼?"

이미 떠날 채비를 다 했음에도 황주성이 울상을 지었다.

정말 떠나고 싶지 않다는 듯이 말이다.

그런 황주성의 시선은 배웅을 나와 있는 이소향에게로 향해 있었다.

"안 돼. 어젯밤에 다 설명해 주었잖아."

"누나가 설명했지만 난 간다고는 말 안 했는데."

"내가 가면 너도 당연히 같이 가야지."

"폭군!"

황주성이 개구리처럼 양 볼을 크게 부풀렸다.

하지만 소용없었다.

황주연은 단호하게 고개를 저었다.

떼를 써서 되는 일이 있고 안 되는 일이 있었다.

"그렇게 말해도 안 돼."

"아, 왜 안 되는데!"

황주성이 자기도 모르게 크게 소리쳤다.

당장이라도 바닥에 드러누울 것처럼 말이다.

그러나 예전이었으면 진짜 드러누웠을 텐데 지금은 이소향도 있고 다른 아이들이 있어서 그런지 땅바닥에 눕지는 않았다.

동생들도 있다 보니 신경 쓰는 것이었다.

"어제 다 설명해 줬잖아."

"남아도 되잖아! 난 남고 싶어!"

"장주님이 오라고 하셨어."

"아빠한테는 내가 말할게!"

"소향이가 다 보고 있어."

흠칫!

무당산에 와서 철도 살짝 들고 점잖게 지내는 법도 배웠지만 황주성은 여전히 어린아이였다.

사람은 쉽게 변하지 않는다는 말처럼 예전에 한창 떼를 쓸 때의 모습이 나오자 황주연은 망설이지 않고 황주성의 약점을 공략했다.

그러자 황주성이 움찔거렸다.

제74장 사부와 제자

"그런데도 이렇게 애처럼 굴 거야?"

"흐으!"

이어지는 누나의 말에 황주성이 몸을 부들부들 떨었다.

심한 내적갈등을 겪고 있는 것이었다.

하지만 이미 답은 정해져 있었다.

결국 황주성은 어깨를 축 늘어뜨렸다.

"이대로 영영 헤어지는 것도 아냐. 또 볼 수 있어. 나도 다시 올 거고."

"……정말?"

"정말이지. 언제 누나가 거짓말한 적 있니?"

"많은데."

황주연의 이마에 굵은 핏줄이 돋아났다.

조금의 망설임도 없이 많다고 말할 줄은 몰라서였다.

"선의의 거짓말이었겠지."

"아닌데."

황주연이 다급히 말을 이었으나 황주성은 단호하게 고개를 저었다.

선의의 거짓말뿐만 아니라 그냥 거짓말도 꽤 있었다.

나이는 어려도 기억할 건 다 기억했다.

지금 당장 열 개를 말할 수 있을 정도로 말이다.

"어쨌든 인사해. 소향이와 인사도 안 하고 떠날 거야?"

"크윽!"

통통한 볼살이 푸들푸들 떨렸다.

동시에 동그란 눈이 촉촉해졌다.

정말 떠나고 싶지 않았지만 황주연이 이렇게 나오는 이상 하산은 기정사실이었다.

그렇기에 황주성은 어깨를 축 늘어뜨리며 몸을 돌렸다.

"조심히 가, 오빠."

"……너는 아무렇지도 않아?"

이소향을 향해 털레털레 걸어간 황주성이 얼굴 가득 섭섭한 표정을 지었다.

자신이 떠나는데 이소향은 아무렇지도 않은 듯해 보여서였다.

"사부님께서 말씀하시길 만남이 있으면 이별도 있다고 했어. 오빠 말고도 떠나는 언니, 오빠 들도 있고."

이소향의 시선이 한쪽으로 향했다.

울상이 아니라 진짜 울고 있는 언니, 오빠 들에게로 말이다.

오늘 떠나는 건 금와장 식구들만이 아니었다.

제갈세가, 남궁세가, 서문세가 역시 춘절을 앞두고 다들 본가로 복귀하기로 했기에 곳곳에서 이별의 인사를 나누고 있었다.

"흑! 건강해야 해!"

"우리 꼭 성공해서 다시 만나자!"

"끄윽! 나 잊으면 안 돼?"

각각 남궁세가, 서문세가, 제갈세가로 가게 된 아이들이 곳곳을 눈물바다로 만들며 인사를 주고받았다.

그리고 그건 금와장의 상황도 마찬가지였다.

"마치 나 때문에 인사를 나누지 못한다는 말로 들린다?"

"나도 언니, 오빠 들이랑 인사해야지. 오늘 헤어지면 언제 다시 만날지 모르는데."

"……너무해."

황주성이 입술을 삐죽 내밀었다.

나이는 그가 더 많은데 어째 대화를 들어 보면 누나와 동생이 나누는 대화 같았다.

조금 떨어져 있던 황주연도 그렇게 생각하는지 피식 웃었다.

"오빠는 언제라도 무당산에 올 수 있잖아. 근데 다른 언니, 오빠 들은 아니니까. 막내 중의 막내 아냐."

"그래도 너무하다. 우리가 함께한 시간이 있는데."

"함께한 시간으로 따지자면 언니, 오빠 들이 더 긴데?"

"으으!"

말발에서 밀린 황주성이 입을 오물거렸다.

하고 싶은 말이 많은데 정리가 안 되어서 나오지 않는 모양새였다.

그리고 이별하는 건 아이들만이 아니었다.

이제는 성체와 비교해도 거의 차이가 나지 않는 흑풍의 새끼들 역시 형제들과 나름대로 인사를 나누고 있었다.

"곧 다시 찾아뵐게요. 유 공자님이 직접 오셔도 되고요. 유 공자님은 언제라도 환영이에요."

이소향과 마찬가지로 유하성 역시 작별 인사를 나누고 있었다.

다만 이소향과 다른 점이 있다면 한두 명이 아니라는 점이었다.

"제갈세가가 가까운 편이기는 하지요."

"소향이와 한번 나들이 오세요. 소향이에게도 좋은 경험이 될 거예요."

제갈령령은 자연스럽게 이소향을 거론했다.

철벽과도 같은 유하성을 흔들기에 가장 좋은 패가 이소향이라는 걸 잘 알고 있어서였다.

개인적으로 그녀도 이소향을 좋아했고 말이다.

"남궁세가도 그렇게 멀지 않아요."

"서문세가 역시 마찬가지예요."

뒤이어 유하성에게 다가온 남궁희수와 서문예지가 지지 않겠다는 듯이 입을 열었다.

제갈세가만큼 가깝지는 않더라도 두 가문 역시 엄청나게 먼 건 아니었다.

"금와장도 먼 편은 아니에요."

거기에 황주연 역시 가세했다.

비록 춘절을 앞두고 이렇게 떠나지만 유하성을 포기한 건 절대 아니었다.

오히려 합의하에 잠시 휴전한 상태였다.

"기회가 된다면 세 곳 역시 찾아가겠습니다."

"약속하신 거예요?"

"남궁세가는 한번 가 봤긴 했습니다만."

"사람이 많아서 제대로 구경하시지는 못하셨잖아요. 아빠도 유 공자님을 많이 보고 싶어 하시고요."

남궁희수가 재빨리 말을 이었다.

당황할 법도 한데 그녀는 놀라지 않고 놀라운 임기응변을 선보였다.

사실 그리 틀린 말도 아니었고.

"가주님과 인연이 있긴 하죠."

"저희 아버지도 유 공자님을 궁금해하세요. 기회가 닿지 않아 만나지 못한 걸 되게 아쉬워하세요."

가만히 있을 수만은 없다는 듯이 서문예지도 입을 열었다.

실제로 서문세가주 역시 유하성을 만나고 싶어 했고.

중원수호맹 총단에 함께 머물기는 했으나 이상하게도 마주친 적은 없었다.

"기회가 된다면 들르겠습니다. 그보다 아이들을 잘 부탁합니다. 흑풍의 자식들도요."

"광이도 신경 쓰겠지만 저도 잘 챙길게요. 너무 걱정 마세요."

"제가 살뜰히 챙길게요."

"저도요."

유하성의 말이 끝나기 무섭게 서문예지와 남궁희수, 제갈령령이 차례대로 입을 열었다.

빈말이 아니라 실제로 세 사람 다 잘 지켜볼 예정이었다.

"저희 애들도 걱정하지 마세요. 다른 곳은 모르겠지만 금와장은 제가 직접 일을 가르치기로 했거든요."

"감사합니다."

"아니에요. 거두기로 했으면 당연히 해야 할 일인걸요.

개인적으로 기대가 크기도 하고요. 아이들의 열의가 대단해서요."

세 곳을 합친 것보다 금와장에 가는 아이들이 더 많았기에 황주연이 승자의 미소를 지으며 말했다.

아무래도 인원이 가장 많은 만큼 유하성이 더 신경 쓸 수밖에 없다는 걸 잘 알아서였다.

"사고 안 치고 제 몫을 다해 주었으면 좋겠네요."

"문제를 일으킬 만한 아이들은 없어서 그 부분은 크게 걱정하지 않고 있어요. 제일 큰 문제는 오히려 주성이죠."

여전히 이소향에게 투정을 부리고 있는 남동생의 모습에 황주연은 이마를 짚었다.

남궁준이나 제갈성, 하다못해 서문광도 도움을 주는데 황주성은 그렇지가 않아서였다.

오히려 그녀가 뒤치다꺼리를 해야 하는 판이었다.

"성장하는 시기가 다 다르지 않습니까. 처음에 비하면 많이 나아지기도 했고요."

"그래도 아직 갈 길이 멀어요."

황주연의 하소연 아닌 하소연에 제갈령령과 남궁희수, 서문예지가 옅게 웃었다.

경쟁자이지만 함께한 시간이 제법 되어서 그런지 이제는 다들 상당히 편해졌다.

그녀들의 눈에는 황주성이 귀엽게 보이기도 했고 말이다.

"다들 조심히 가십시오."

"네. 다음에 뵈어요, 유 공자님."

"꼭 다시 올게요."

"다시 만날 때까지 강녕하세요."

"편지 쓸게요."

다른 곳도 마무리되어 가고 있었기에 유하성도 슬슬 대화를 정리했다.

이별은 짧으면 짧을수록 좋다고 생각해서였다.

그렇다고 영영 헤어지는 것도 아니니 이쯤에서 마무리 짓는 게 좋았다.

"안녕히 가세요!"

"그래. 소향이도 다음에 보자. 곧 다시 만날 수 있을 거야."

"다치지 말고! 편지 쓸게!"

황주성을 떼어 낸 이소향이 유하성의 옆에 서서 여인들에게 인사했다.

그 모습에 황주성이 투덜거렸으나 그 모습에 신경 쓰는 이는 없었다.

눈이 소복이 내리는 날 유하성은 이소향의 손을 잡고 구불

구불한 비탈길을 걸었다.

언덕이긴 했으나 낮은 언덕이었고, 이소향도 무공을 익혔기에 이 정도 오르막길을 오르는 건 일도 아니었다.

하지만 그럼에도 이소향은 유하성의 손을 붙잡았다.

손에서 손으로 전달되는 따뜻한 온기가 너무나 좋아서였다.

"춥진 않니?"

"네! 괜찮아요. 옷도 따뜻하게 입었어요."

"추우면 언제라도 말해."

"네. 헤헤."

한서불침인 유하성과 달리 이소향은 무공을 익히기는 했어도 아직 어린 나이였다.

그렇기에 유하성은 사소한 것도 그냥 넘어가지 않았다.

해가 뜨긴 했으나 눈이 내리고 있었기에 체온이 꾸준히 내려가고 있어서였다.

하늘을 보아하니 눈이 금방 그칠 것 같긴 하나 그래도 조심해서 나쁠 건 없었다.

'사부님께서도 이런 마음이었으려나.'

인기척이라고는 전혀 느껴지지 않는, 오직 눈 내리는 소리와 눈을 밟는 소리밖에는 들리지 않는 환경에 유하성은 묘한 감상에 젖었다.

아주 오래전, 이제는 희미하게만 남아 있는 추억이 떠올라서였다.

그때의 유하성은 지금의 이소향보다 나이가 많았지만 상황은 지금과 별반 다르지 않았다.

지금처럼 눈 오는 날 유하성은 명운의 손을 잡고 무당산을 거닐었었다.

"다 왔다."

유하성이 회상에 잠겨 있는 사이 어느새 목적지에 도착했다.

처음 오는 곳이 아니었기에 이소향도 길을 알고 있었다.

"눈이 제법 쌓였네."

"제가 정리할게요!"

"아냐. 내가 하마."

"이 정도는 할 수 있어요!"

유하성의 만류에도 이소향은 씩씩하게 대답했다.

그러고는 붙잡고 있던 유하성의 손을 놓고서 자그마한 봉분 앞으로 달려갔다.

바로 명운의 봉분이었다.

새벽부터 내린 눈으로 인해 새하얗게 변해 있는 봉분을 이소향은 작고 앙증맞은 손으로 후다닥 털어 냈다.

스윽. 슥.

이소향이 명운의 봉분을 터는 사이 유하성은 눈으로 뒤덮인 비석을 툭툭 털었다.

武當霸王
무당
패왕

이윽고 유하성이 직접 만든 비석이 본래의 모습을 드러냈다.

"눈이 점점 약해지는 것 같아요!"

"그러네. 하늘도 많이 옅어졌어. 다행이다."

처소에서 출발할 당시만 하더라도 하늘이 시커멨는데 지금은 밝은 회색빛으로 변해 있었다.

그리고 눈발 역시 아까와 비교해 보면 많이 약해져 있었다.

"저 왔어요, 사조님!"

"후후."

대답이 들려올 리도 없건만 이소향은 명운의 봉분을 향해 해맑게 인사했다.

처음 이곳에 왔을 때는 절을 했지만 지금은 그러지 않았다.

보여 주는 행동보다 마음이 더 중요하다고 유하성이 말해서였다.

실제로 유하성은 그토록 사랑하고 존경하는 명운의 봉분에 왔음에도 절을 하지 않았다.

스윽.

그저 말없이 봉분을 쓰다듬었다.

마치 명운의 손을 쓰다듬듯이 말이다.

"저번에는 어떤 일이 있었냐면요."

유하성이 봉분과 비석을 쓰다듬으며 확인하고 있을 때 이소향은 재잘거렸다.

자신의 목소리가 명운에 닿지 않는다는 걸 알면서도 이소향은 지금껏 있었던 일들을 얘기했다.

'나도 참 못난 제자였어.'

이소향의 모습을 보며 유하성은 씁쓸한 웃음을 머금었다.

살가운 이소향과 달리 그는 너무나 무뚝뚝한 제자였다.

물론 그게 어색해서 그런 건 아니었다.

다만 성격이 살갑지 못했다.

"여기 오면 마음이 차분해져요, 사조님. 신기하게도요. 그렇게 자주 온 것도 아닌데 편하기도 하고요."

"그래?"

"네. 그리고 궁금해요. 사조님이 어떤 분이셨을지. 사부님께서 말씀해 주셨지만 직접 뵙지는 못했으니까요. 돌아가시기 전에 뵈었으면 정말 좋았을 텐데."

이소향이 진심으로 아쉬운 표정을 지었다.

유하성의 가족이면 그녀에게도 가족이었다.

그래서 명운도 보고 싶었지만 죽은 사람이 되살아날 리는 만무했기에 아쉬운 마음만 곱씹을 수밖에 없었다.

"목소리는 몰라도 마음은 전달되었을 거야. 살아 계셨다면 정말 예뻐해 주셨을 텐데."

"그러셨을까요?"

"물론이지. 소향이는 사랑스러운 아이니까."

"히히히."

해가 바뀌어 이제는 일곱 살이 되었지만 여전히 이소향은 작았다.

처음 봤을 때와 비교하면 키도 많이 크고 몸도 커졌지만 유하성의 눈에는 여전히 애기처럼 보였다.

"소향이에게 부탁이 있어."

"말씀만 하세요!"

"만약 내가 없을 때, 소향이가 무당산에 있다면 여기를 관리해 주겠니?"

"네! 맡겨만 주세요!"

이소향이 두 주먹을 옴팡지게 쥐었다.

자신의 가슴을 탕탕 두드리면서 말이다.

이 정도쯤은 얼마든지 할 수 있다는 듯한 모습에 유하성은 자기도 모르게 입가에 미소를 띠었다.

"고맙구나."

"아니에요. 제가 당연히 해야 하는 일인걸요. 오히려 지금도 매일 신경 써 드리지 못해서 죄송해요."

다부지게 대답했던 이소향이 풀죽은 목소리로 대답했다.

매일 와도 모자랄 판에 그러질 못해서였다.

하지만 그 모습에 유하성은 이소향의 머리를 쓰다듬었다.

"내가 있으니까 당분간은 괜찮아. 지금이 소향이에게는

아주 중요한 시기이기도 하고. 게다가 아직 이 사부가 팔팔하지 않니."

"그래도 죄송해요."

"두 사람이 다 관리할 필요는 없어. 사조님께서도 소향이가 매일 찾아오는 것보다는 열심히 수련하는 걸 바라실거야. 당신께서 만든 진무 태극권을 더 발전시키길 바라실거고."

"열심히 수련할게요!"

이소향이 큰 눈을 더욱 크게 떴다.

누구보다 사조에 대해 잘 아는 이가 유하성이었기에 이소향은 의심하지 않았다.

더불어 나이를 한 살 한 살 먹어 갈수록 이소향도 느끼고 있었다.

자신이 누구의 제자인지 말이다.

'절대 사부님의 이름에 먹칠을 해서는 안 돼.'

누구보다 사랑하고 존경하는 사람이 유하성이었다.

그런 만큼 이소향은 자신이 죽더라도 유하성의 명성에 누를 끼치고 싶지는 않았다.

이제는 하나둘 떠난 언니, 오빠 들도 그녀의 가족이었지만 유하성의 존재는 그 이상이었다.

감히 뭐라 표현할 수 없을 정도로 말이다.

'내 스스로가 허락할 수 없어.'

무당
패왕
武當覇王

거기다 유하성이 바라는 건 사조인 명운이 잊히지 않는 것이었다.

그러기 위해서는 유하성과 마찬가지로 자신 역시 고수가 되어서 강호에 무명을 떨쳐야 했다.

유하성과 명운, 무당파를 위해서 말이다.

"지금도 충분히 하고 있으니까 무리하지 마. 뭐가 가장 중요하다고 했지?"

"다치지 않는 거요."

"맞아. 다치면 회복할 때까지 아무것도 할 수 없어. 어떻게 보면 그것도 시간낭비인 거지. 물론 다른 방법이 없는 건 아니지만 가장 좋은 건 건강하게, 꾸준히 수련하는 거야."

"각골명심할게요!"

"녀석."

이제는 곧잘 어려운 단어도 사용하는 이소향의 모습에 유하성이 피식 웃었다.

그러면서 한편으로는 아이가 너무 빨리 자란다는 느낌이 들었다.

아이가 자라는 건 당연한 자연의 이치였지만 그래도 조금은 느리게 자라 주었으면 하는 마음이 있었다.

"저도 꼭 진무 태극권을 대성해서 더욱 발전시킬게요!"

"그렇게 되면 좋고 안 돼도 괜찮아. 목표를 높게 잡는 건 좋지만 현실적인 부분도 생각해야 해. 너무 막연하게 잡는 건 좋지 않거든. 최종목표와 머지않아 이룰 수 있는 목표를 정하는 게 좋아. 하나씩 이뤄 가는 느낌으로. 그런데 소향이는 이미 충분히 잘해 가고 있으니까."

"정말요?"

"물론이지. 내가 지시한 거를 십분 이행하고 있으니까."

"너무 느린 건 아닐까요?"

이소향이 고개를 살짝 숙이고서 두 손을 꼼지락거렸다.

같이 무공에 입문했음에도 자기보다 성취가 빠른 이들이 있어서였다.

가깝게는 백현승이 있었고 말이다.

구 할에 가까울 정도로 비슷한 진무 태극검을 익히고 있는 백현승은 정말 하루가 다르게 성장하고 있었기에 이소향은 내심 걱정이 되었다.

자신이 너무 느린 건 아닌가 하고.

거기다 나이는 어려도 자신의 배분은 무당파의 일대제자였기에 더더욱 신경 쓰였다.

"현승이 때문에 그래?"

"어, 꼭 그런 건 아니고요."

"현승이는 영약을 먹었잖아. 당연히 성취가 빠를 수밖에 없지. 그 정도도 안 되면 그건 진짜 문제가 있는 거야. 재능의 영역이 아니라 노력의 문제가 있는 거지."

"영약이요?"

이소향의 두 눈이 휘둥그레졌다.

처음 듣는 말이었기에 놀란 것이었다.

"대단한 건 아니고 백 년 정도 묵은 것이지만 그래도 영약은 영약이니까. 근데 그건 현승이의 재산이라. 어떻게 보면 대청표국주님의 유산이기도 하고."

"아."

"또 현승이는 빨리 강해져야 하는 확실한 목표가 있기도 하고."

"저도 알아요! 대청표국을 재건하는 거요!"

"맞아."

한쪽 손을 번쩍 들며 대답하는 이소향의 모습에 유하성이 아빠 미소를 지었다.

딸이 아니라 제자지만 그럼에도 그는 아빠들이 느끼는 감정과 비슷한 감정을 느끼고 있었다.

"현승 오빠를 도와주기로 한 다른 언니, 오빠 들도 열심히 수련하고 있어요. 벌써 대련을 시작한 오빠들도 있고요."

"각자 성장하는 속도가 다를 뿐이란다. 그거에 조급해하거나 자책할 필요는 없어."

"그래도, 저는 사부님 제자인데."

"과정도 중요하지만 결국 남은 건 결과라는 말이 있지. 나역시 예전에는 별 볼 일 없는 속가제자였고. 내가 있는지도 모르는 이들이 부지기수였단다."

"저, 정말요?"

이소향의 두 눈과 입이 크게 벌어졌다.

그 정도로 깜짝 놀란 것이었다.

목구멍이 보일 정도로 입을 쩍 벌리는 이소향의 모습에 유하성이 싱긋 웃으며 말을 이었다.

"응. 사부님도 그렇고 나도 어느 순간 잊었거든. 세상이 차갑고 냉혹한 건 무당파라고 해서 다르지 않으니까. 그런데 그게 난 싫지 않았어. 사부님과 함께라면 그냥 좋았거든."

"그 마음 저도 알 거 같아요. 저도 지금이 너무 좋고, 행복하거든요."

이소향의 양 볼이 붉게 물들었다.

마치 고백이라도 하는 것처럼 말이다.

"나도 그렇단다."

"헤헤!"

"처음부터 무섭게 치고 나가는 사람이 있는 반면에 한 단계씩 차곡차곡 밟으며 성장하는 사람도 있는 법이란다. 그러니까 너무 자책할 필요는 없단다. 이미 충분히, 더할 나위 없이 잘하고 있으니까. 소향이가 열심히 노력한다는 걸 다른 사람은 몰라도 나는 알고 있으니까."

"그래도 사부님께 폐를 끼치면 안 되잖아요."

다시 손가락을 꼼지락거리는 이소향을 유하성은 지그시 바라봤다.

이소향이 벌써부터 이런 고민을 할 줄은 몰라서였다.

"소향아."

"네, 사부님."

"나는 여기까지 오는 데 십육 년이 걸렸단다. 무당파에 나라는 속가제자가 있음을 알리기까지 무려 십삼 년이 걸렸어. 그마저도 나 혼자 이룬 게 아니고. 그런데 지금 소향이는 무공에 입문한 지 얼마나 됐지?"

"이 년이 거의 다 되어 가요."

"그럼 단순히 비교해도 십일 년이 넘게 남았네? 근데 고민을 너무 일찍 시작한 거 아냐? 내가 보기에 그 고민은 십삼 년을 꽉 채운 뒤에 해도 늦지 않을 거 같은데."

유하성이 싱긋 웃었다.

무슨 마음인지 모르지 않지만 그가 보기에는 너무 이른 고민이었다.

그러나 한편으로는 대견하기도 했다.

이런 생각을 한다는 것 자체가 그를 좋아한다는 뜻이기도 했기 때문이다.

"어……. 그런 건가요?"

"물론이지. 적어도 소향이는 나보다 훨씬 빠르게 사문에 이름을 알렸잖아. 그것만으로도 이미 앞서가는 거지."

"우웅."

이소향이 고개를 갸웃거렸다.

이게 과연 앞서가는 일인가 싶어서였다.

이름을 알리는 건 분명 좋은 일이긴 하나 자신의 능력 때문이라기보다는 유하성의 이름값에 얹혀 간다는 말이 맞았다.

"한마디로 크게 고민할 거리가 안 된다는 거야. 다른 사람들의 말에 신경 쓸 거 없어. 혹시 이 사부의 말보다 다른 이들의 말이 더 중요한 건 아니지?"

"절대 아니에요!"

이소향이 단호하게 고개를 저었다.

이 세상의 모든 이들이 등을 돌리더라도 자신만은 언제나 유하성의 편이었다.

모든 사람들이 손가락질하더라도 말이다.

유하성과 함께라면 이소향은 지옥에도 갈 수 있었다.

"그러니까 고민하지도, 걱정하지도 마. 이미 충분히 잘하고 있으니까. 스스로를 믿지 못하겠으면 이 사부를 믿으렴."

"네!"

이소향은 더 이상 고개를 숙이지 않았다.

듣고 보니 틀린 말이 단 하나도 없었다.

물론 여전히 유하성의 이름에 먹칠을 하면 안 된다고 생각했지만 중요한 건 다른 사람의 시선이 아니라 사부의 시선이었다.

다른 사람들보다 유하성이 이소향에게는 몇백 배, 몇천 배는 더 중요했다.

"사조님과 인사도 다 했으니 이만 내려갈까?"

"네! 다음에 또 올게요! 안녕히 계세요!"

기일을 맞이하여 명운의 봉분을 찾았던 이소향이 정중하게 배꼽인사를 했다.

그리고 그 모습을 보며 유하성도 마음속으로 작별인사를 했다.

하지만 아쉬움이나 안타까움은 없었다.

마음만 먹으면 언제라도 찾아올 수 있어서였다.

"갈까?"

"네!"

이소향에게는 험하고 먼 길이지만 유하성에게는 아니었다.

그렇기에 유하성은 이소향에게 손을 내밀고는 몸을 돌렸다.

스으윽.

손을 마주 잡고 걸어 내려가는 유하성과 이소향의 모습이 육안으로 보이지 않을 정도로 멀어졌을 때 명운의 봉분 앞에 두 개의 그림자가 나타났다.

귀신처럼 소리도 없이 등장했던 것이다.

"죄지은 것도 없는데 이렇게까지 해야 합니까?"

"왜 지은 죄가 없어? 명운이가 용서했다고 실수나 죄가 사라진 건 아니다."

"끄응!"

단호한 명천의 말에 명덕이 앓는 소리를 냈다.

어떻게 보면 명천의 말도 틀리지는 않아서였다.

용서도 두 사람의 짐작이지 확실하게 명운에게서 들은 건 아니었다.

명천이 명운을 보낼 때 용서해 주는 듯한 느낌을 받은 것뿐이었지.

"명운이가 죽지 않았다면 모를까 우리는 이 마음의 빚을 평생 가져가야 해."

"그건 아는데, 이렇게 몰래 올 필요까지는 없다는 거죠. 사형 말씀대로 용서를 받은 건 아니지만 우리 둘 다 알고 있지 않습니까. 명운이의 성격이 어떤지."

"알지. 하성이도 이제는 별말을 하지 않고. 근데 저 두 아이와 명운이의 시간을 방해할 자격이 우리에게 있을까?"

"……."

명덕은 입을 다물었다.

이렇게 생각해 보니 과연 명천의 말이 맞았다.

둘은 셋의 시간을 방해할 자격이 없었다.

"쯧쯧! 그냥 군소리 없이 따라오면 좀 좋아? 그렇게 하나 하나 따져야겠어?"

"어쩔 수 없습니다. 성격이 이런걸요. 이렇게 살아오기도 했고. 저는 뭐 맡고 싶어서 비청당을 맡고 있는 줄 아십니까?"

"그만 적당한 녀석에게 넘겨. 비청당이 다른 조직에 비해 특수성이 있다고는 하지만 너무 쥐고 있는 것도 좋지 않아."

"안 그래도 올해 안에는 넘길 생각입니다. 정리는 남모르게 해 오고 있었습니다."

"잘했네."

건성으로 대답해 준 명천이 시선을 옮겼다.

이제는 희미하게 보이는 두 사제에게로 말이다.

큰 점과 작은 점으로 보이는 두 사람을 명천은 하염없이 바라봤다.

"언제 봐도 참 보기 좋은 것 같습니다."

"그러게. 사실 난 하성이가 제자를 안 받을 줄 알았는데."

"저도요. 역시 인연이라는 게 있나 봅니다."

"우리로서는 좋지. 정 붙일 아이가 있다는 건."

"그건 아니죠. 마음만 먹으면 언제라도 떠날 수 있는 게 속가제자이지 않습니까."

명덕이 고개를 저었다.

그 역시 명천과 마찬가지로 유하성이 정을 붙일 만한 곳이 필요하다는 점에는 동의했다.

하지만 그게 이소향이라고 생각하지는 않았다.

막말로 유하성은 지금 당장이라도 이소향과 함께 하산해도 되었다.

"또 그렇게 야박하게 따진다. 그냥 적당히 넘어가도 될 것을."

"어쩌겠습니까. 제 성격이 깐깐한 것을."

"깐깐하다기보다는 매정하지. 아주 냉혈한이야."

"그럼 매정하게 지금까지 제게 실수했던 걸 하나하나 다 까 볼까요?"

"흠흠!"

명덕의 협박 아닌 협박에 명천이 헛기침을 하며 슬그머니 몸을 돌렸다.

더 이상 대화하지 않겠다는 무언의 대답이었다.

그런 명천의 모습에 명덕은 피식 웃었다.

"제가 생각하기에 하성이가 떠나지 않는 가장 큰 이유는 이곳 때문일 겁니다."

"……확실히."

명천은 고개를 주억거렸다.

처음 무당산을 하산했을 때 말고는 매년 명운의 기일을 챙겼던 게 유하성이었다.

그렇기에 명덕의 말도 일리가 있었다.

"한편으로는 명운이 부럽기도 합니다. 제 제자 놈은 하성이처럼 저를 생각해 주지는 않을 것 같거든요."

"나도 뭐."

명천의 표정이 명덕과 비슷해졌다.

제자인 무율과의 관계는 좋은 편이었으나 명운과 유하성처럼 유대가 끈끈한 건 절대 아니었다.

자신이 죽으면 슬퍼는 하겠지만 딱 거기까지일 게 분명했다.

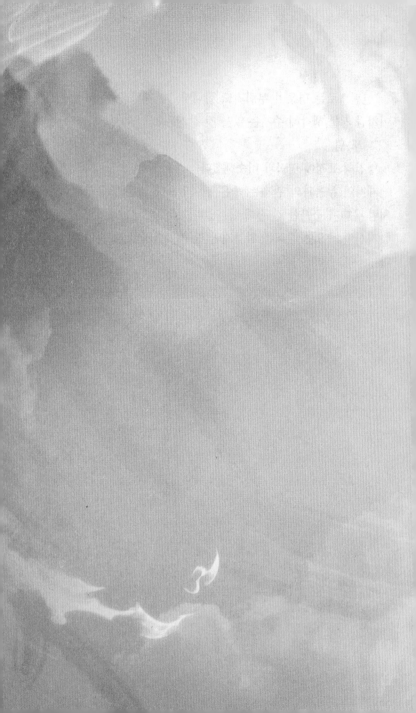

제75장 속가제자

"그런 점은 저나 사형이나 비슷하네요."

"우리가 이상한 게 아니라 두 녀석이 유별난 거야."

"그것도 맞긴 하죠. 이제 와서 어떻게 할 수 있는 일도 아니고. 그래서 저는 마음을 비웠습니다. 어차피 죽으면 흙으로 돌아가는데 부러워하는 게 무슨 소용일까 싶기도 하고요. 추억은 남아 있는 이들의 것이지 않습니까. 죽으면 거기서 모든 게 끝이죠."

이제는 희미해진 눈발을 맞으며 명덕이 무덤으로 천천히 다가갔다.

그러고는 비석에 조금씩 쌓이기 시작하는 눈을 털어 냈다.

투박하지만 정성이 가득 담겨 있는 비석은 날씨로 인해 분명 차가웠지만 묘한 온기가 느껴지기도 했다.

"오늘따라 감성적이네?"

"명운이의 기일이지 않습니까. 저도 이런 날이 있어야죠."

"낯설다, 너."

오랫동안 명덕을 봐 왔었기에 명천은 적응이 되지 않았다.

하지만 명천이 그러거나 말거나 명덕은 신경 쓰지 않았다.

그저 몇 개 없는 명운과의 추억을 회상했다.

"딱 삼 년만 더 살았으면 좋았을 텐데. 그럼 나도, 사형도 후회하지 않았을 테고."

봉분 앞에 쭈그려 앉은 명덕이 대화하듯 입을 열었다.

그러나 들려오는 대답은 없었다.

하지만 명덕도 기대하고 말한 건 아니었다.

"모두가 마찬가지일 거다."

명덕의 뒤에 서 있던 명천이 입을 열었다.

그 역시 명덕과 같은 생각이었다.

방금 전에 왔다 간 유하성도 마찬가지일 테고.

그러나 바람은 말 그대로 바람일 뿐이었다.

"저도 알고 있습니다. 그냥 하고 싶은 말을 하는 거죠. 이런 날이 아니면 또 언제 가슴속에 있던 말을 하겠습니까. 사형께서야 자주 찾아오셨지만 저는 아니라서요."

"나보고 염치없다고 돌려 말하는 게냐?"

"그게 아니라 명운이에게 미안해서요. 이제 와서 이래도 되나 싶었거든요."

"과거는 과거에 흘려보내는 게 가장 좋아. 괜히 붙잡을 필요 없어. 그래 봤자 스스로만 힘들게 할 뿐이야."

"알고 있죠. 하지만 그렇게 할 수 있으면 진즉에 모든 사람들이 우화등선했을 겁니다."

아는 것과 실행하는 것은 엄연히 달랐다.

모든 사람들이 틀리고 잘못된 걸 알았다.

하지만 그럼에도 사람들은 늘 바른 것만 선택하지는 않았다.

"미안하면 하성이랑 소향이 좀 챙겨. 명운이에게 해 주지 못한 것들을. 명운이도 그걸 바랄 거다."

"근데 그건 또 어떻게 보면 자기합리화이지 않습니까. 하성이나 소향이의 입장에서는 언짢게 느껴질 수도 있고요."

"참 생각 많아."

명천이 헛웃음을 흘렸다.

고민하는 건 좋지만 불필요하게 생각이 많은 것 같아서였다.

꼬이고 꼬이면 결국 방향을 잃는 법이었다.

이럴 때는 단순하게 생각하는 게 최고였다.

"신중해서 나쁠 건 없지 않습니까."

"네 말도 맞아. 근데 이런 문제는 단순한 게 최고야. 우리가 생각할 건 딱 두 가지야."

"두 가지요?"

"응. 하나는 명운이에 대한 미안함. 나머지 하나는 하성이와 소향이. 어때? 간단하지? 이 두 개 말고 다른 건 생각할 필요 없어. 이게 핵심이니까."

명덕의 동공이 커졌다.

간단명료한 말만큼이나 머리가 맑아져서였다.

더불어 명천이 무엇을 말하고자 하는지도 명확하게 이해가 되었다.

"사형 말씀이 맞습니다."

"하성이와 소향이의 마음을 신경 써야 하는 건 분명히 맞아. 그런데 소향이는 몰라도 하성이는 결코 어리지 않아. 그러니 우리의 마음을 곡해하거나 비틀어서 받아들이지 않을 거야."

"확실히 세월이 흐르긴 흐른 것 같습니다. 사형이 이렇게 속 깊은 생각을 하실 줄이야."

"……뭐?"

명천의 눈썹이 꿈틀거렸다.

많이 유해지기는 했으나 과거 무당파의 철혈군주, 절대군주라 불렸던 이가 그였다.

그 위엄을 명천은 오랜만에 드러냈다.

"저도 이제 젊은 나이가 아닙니다. 사형이 늙으신 만큼 저도 늙었습니다."

무당
패왕

"어휴."

다만 문제는 그 위엄이 명덕에게는 통하지 않는다는 점이었다.

세월은 두 사람에게 공평하게 찾아왔으니까.

"그래도 도움은 되었습니다. 앞으로 어떻게 해야 할지 감이 좀 잡혔거든요."

"귀찮게 하지는 말고."

"당연하죠. 하성이의 성격을 모르면 그게 더 이상하지 않겠습니까. 더구나 하성이가 지금까지 이룩한 게 있는데."

유하성은 속가제자이지만 평범한 속가제자는 절대 아니었다.

일단 무당면장과 십단금을 복원했을뿐더러 번천회의 파훼법에 구파일방과 오대세가가 다들 곤욕을 치를 때 유일하게 무당파만이 그걸 피할 수 있게 만들었다.

거기다 연구동을 직접 설립해서 무당파의 무공발전을 꾀했다.

그렇기에 유하성은 속가제자이었음에도 그 누구도 일개 속가제자라고 생각하지 않았다.

"알면 됐다. 똑똑한 녀석이니 알아서 잘하겠지."

"물론입니다. 우리의 시대가 저물었다는 것도 알고 있지요."

"허허허. 세월이 참 빨라. 예전에는 참 시간이 안 간다고 생각했는데.”

“점점 더 빨라지는 느낌이라 겁이 납니다.”

“그래도 붙잡을 수는 없지. 붙잡아서도 안 되고. 사부님과 사백, 사숙 들이 그랬던 것처럼 우리도 비켜 줄 때가 된 게야.”

명천이 인자하게 웃었다.

다른 사람이었다면 빠르게 흘러가는 세월에 아쉬움을 느끼겠지만 그는 달랐다.

무공을 이룰 만큼 이루었고, 명성도 충분히 쌓았다.

거기다 뛰어난 후학까지 양성했기에 명천은 스스로의 삶에 만족했다.

‘딱 하나 미련이 남는다면, 명운이지.’

다만 굳이 하나를 꼽자면 명운이 있었다.

그러나 그건 천하의 명천이라고 해도 어쩔 수가 없는 문제였다.

죽을 때까지 가슴에 품고 있을 수밖에는.

“한 가지 바람이 있다면 죽기 전에 꿈이 이뤄지는 걸 보고 싶습니다.”

“그러려면 착한 일 하면서 오래 살아야지. 죽으면 네 말대로 거기서 끝나니까.”

“안 그래도 수면 시간만큼은 철저하게 확보하고 있습니다. 그것 때문에 인수인계를 하고 있기도 하고.”

武當霸王
무당
패왕

"그나저나 꿈이라. 좋지, 아주 좋아. 생각하는 것만으로도 젊었던 시절이 떠오르는구먼."

"설레기도 하고요."

명운의 봉분을 바라보던 두 사람의 시선이 동시에 하늘 위로 향했다.

눈을 쏟아 내던 검은 구름은 어느새 사라지고 찬란하게 빛나는 태양이 모습을 드러내고 있었다.

모두가 잠든 야심한 시간.

고요하다 못해 적막감이 감도는 이 시간은 유하성이 개인적으로 좋아하는 시간이었다.

아주 어렸을 적 명운도 없이 혼자서 밤을 보내야 할 때는 참으로 무서웠었다.

깊은 산속에서의 밤은 어린아이에게 공포심을 주기에 충분했으니까.

'그런데 지금은 바글바글하네.'

제갈세가, 금와장, 남궁세가, 서문세가가 떠났음에도 처소 주변에서는 수많은 기척들이 느껴졌다.

많은 이들이 본가로 돌아갔지만 여전히 많은 이들이 남아 있어서였다.

연구동에서 머무는 어르신들을 비롯해서 숙소의 아이들도 반 가까이 남아 있었다.

푸르륵.

거기에 아이들을 주인으로 택한 말들도 연무장 한쪽에서 자유롭게 숙면 중이었다.

야생마로 태어났으나 더 이상 야생마로 살아가지 않기로 결정한 말들은 연무장에 터를 잡았다.

흑풍을 따라가지 않는 모습에 본래 있던 마구간을 증축했으나 아직 야생마의 성향을 완전히 버리지는 못한 모양인지 갇혀 있는 걸 싫어했다.

그래서인지 창문 틈새 사이로 야생마들의 투레질 소리가 간간이 들려왔으나 유하성의 집중을 방해할 정도는 아니었다.

우우웅.

맨바닥에 가부좌를 틀고 앉은 유하성은 천천히 스스로를 관조하기 시작했다.

운기행공을 하며 내부를 들여다봤던 것이다.

'막막함이라.'

유하성은 문득 예전에 했던 백현승의 고민 상담을 떠올렸다.

그러자 얼마 전 그에게 조언을 구했던 곽두일도 덩달아 떠올랐다.

武當霸王
무당
패왕

나이는 다르지만 두 사람 다 같은 고민을 하고 있었다.

그리고 유하성 역시 과거에 둘과 똑같은 고민을 했었다.

'사실 지금이라고 해서 다르진 않지.'

유하성도 두 사람과 같았던 시절이 있었다.

그라고 처음부터 고수였던 건 아니었다.

힘겹고 어려운 시절이 있었고, 그 시간들을 참고 견디며 지금의 경지에 올랐다.

정확하게는 하나하나 밟고 올라가다 보니 지금이 된 것이었지만.

'그때의 난 사부님 말고는 의지할 사람도 없었지.'

과거의 유하성에 비하면 백현승과 곽두일은 정말 비교도 할 수 없이 좋은 환경에서 수련하는 것이었다.

적어도 방향을 잃을 걱정은 하지 않아도 되었으니까.

조언을 구하면 대답을 해 줄 사람이 있으니까.

하지만 과거의 유하성에게는 그런 사람이 없었다.

명운도 한때는 무당파에서 기대하던 기재였으나 주화입마로 인해 폐인이 되어 더는 무공을 익힐 수가 없었다.

물론 육체는 망가졌어도 그동안 쌓아 온 경험이 사라지는 건 아니었으나 한계가 있었다.

때문에 일정 경지에 오른 뒤부터는 유하성 혼자서 나아가야 했다.

'그땐 진짜 막막했지.'

망망대해에 혼자 서 있는 듯한 느낌이라는 말처럼 유하성이 그와 같았다.

혹은 일엽편주를 타고 폭풍우를 가르는 느낌이랄까.

언제 좌초되거나 가라앉아도 이상하지 않은 상황 속에서 유하성이 할 수 있는 건 그저 묵묵히 나아가는 것밖에는 없었다.

천하제일고수, 천하제일문이라는 꿈과 목표가 있었으나 그것들은 그저 막연할 뿐이었다.

'실패도 많이 했었지.'

탄탄대로와는 거리가 먼 길을 걸어온 게 유하성이었다.

수많은 실패와 시행착오를 반복한 끝에 유하성은 면장과 십단금을 복원해 냈다.

지금 생각해 보면 정말 기적이나 다름없는 일이었다.

만약 그때 조금이라도 삐끗했다면 지금의 유하성은 없었을 터였다.

'그리고 사부님과 같은 길을 걸었겠지.'

무당의 패왕이 아니라 폐인이 되어 명운과 마찬가지로 잊혔을 터였다.

친구도 없었을 테고 이소향과도 만나지 못했을 것이다.

어쩌면 번천회의 습격 때 죽었을지도 모르고.

'지금 와서는 가정일 뿐이지만.'

암울하기 그지없는 가정이었으나 냉정하게 생각해 보면

틀렸을 거라고 확신하기 힘들었다.

그 정도로 유하성 역시 가시밭길을 걸어왔었다.

까딱 잘못하면 나락으로 떨어지는 가시밭길을 말이다.

'하지만 그럼에도 버텨 냈지.'

눈 뜬 장님과도 같이 눈앞이 캄캄했었다.

그러나 유하성은 포기하지 않았다.

한 걸음만 더, 조금만 더를 외치며 앞으로 나아갔다.

이제 그만하자고, 힘들지 않냐고, 여기까지면 충분하다는 악마의 속삭임과도 같은 마음의 소리를 겨우겨우 떨쳐 내면서 말이다.

'그렇게 한 걸음 한 걸음 나아가다 보니 어느새 여기까지 왔지.'

유하성은 감개가 무량했다.

꿈을 가지고 있었으나 그걸 이루리라고는 스스로도 장담하지 못했다.

대신 마지막에, 죽기 직전에 후회만 하지 말자라는 마음가짐으로 계속 노력했다.

그리고 그 마음가짐은 지금도 마찬가지였다.

'포기는 없어.'

유하성도 다른 이들과 똑같은 사람이었다.

그라고 힘든 걸 모르지 않았다.

다만 목표가 있기에 우직하게 나아가고 끈덕지게 매달리

는 것이었다.

또한 무당패왕이라 불리지만 그 역시 무도에 정진하는 한 명의 무인이었다.

'소향이에게 못난 모습을 보여 주고 싶지도 않고.'

사문에 버림받고 사형제들에게 잊힌 명운이었으나 유하성에게는 이 세상에서 제일가는 무인이었다.

비록 육체가 망가져 무공을 익힐 수는 없으나 평생을 무공에 바친 이가 명운이었다.

그렇기에 유하성은 명운을 존경했고, 자신 역시 이소향에게 그런 존재가 되고 싶었다.

'사부님처럼 되려면 나도 노력해야 해.'

짧은 시간에 상당한 명성을 얻었지만 유하성은 거기에 큰 의미를 두지 않았다.

무명이라는 게 거품과 같다고 생각해서였다.

지금은 인정해 주고 떠받들어 주지만 이런 환호는 언제든지 바뀔 수 있었다.

현재의 구룡처럼 말이다.

그렇기에 유하성은 무당패왕이라는 별호보다는 스스로와 주변에 집중했다.

모르는 사람들의 환호성보다는 제자를 비롯하여 친구들과 주변 사람들이 훨씬 중요했으니까.

'아직 갈 길이 멀어.'

나이에 비해 이룬 게 많았지만 유하성은 현재의 위치에 만족하기보다는 더 높은 곳을 바라봤다.

노력의 결실을 맺긴 했으나 아직 보상을 누리기에는 부족했다.

여유는 목표를 이룬 다음에 누려도 늦지 않았다.

'지금보다 더 높은 경지.'

깨달음은 한순간에, 부지불식간에 찾아온다지만 아무 이유 없이 찾아오지는 않았다.

그만큼의 준비가 된 이들에게 찾아왔다.

때문에 유하성은 노력은 하되 조급해하지는 않았다.

대신 스스로를 돌아보며 지금 부족한 것들을 확인했다.

후우우웅.

돌고 돌아 결국 처음으로 돌아온 유하성은 천천히 생각을 비워 갔다.

스스로를 관조하면서 깊게 침잠해 들어갔던 것이다.

그러자 마지막에 남은 건 역시나 태극권이었다.

명운과 함께 창안한 진무 태극권이 아니라 무당파의 시조로부터 내려온 태극권 말이다.

스윽. 스으윽.

혼자만 존재하는 상상의 공간 속에서 유하성은 느릿하게 권무(拳舞)를 추기 시작했다.

마지막에 남은 태극권이었는데 시작은 태극권이었지만 이

내 진무 태극권, 무당면장, 십단금으로 이어졌다.

그리고 종내에는 새로운 무공으로 변했다.

유하성이 남몰래 연구하던 무공이 펼쳐지는 것이었다.

스르륵. 스륵.

그런데 춤사위가 묘하게 무언가와 비슷했다.

태극권을 닮은 듯하면서도 다른 권무를 유하성은 계속해서 반복했다.

마치 춤에 취한 것처럼 말이다.

그러나 춤사위와 달리 유하성의 정신은 그 어느 때보다 맑고 또렷했다.

'어떻게 보면 이 무공도 태극권에서 나온 것이니까. 영향을 아예 안 받은 건 아니지만.'

유하성의 양손은 쉼 없이 태극을 그렸다.

한데 놀라운 건 두 손만 태극을 그리는 게 아니라는 점이었다.

두 다리 역시 끊임없이 태극을 그렸다.

심지어 어깨, 무릎, 머리도 태극을 그리며 계속 움직였다.

웅웅웅웅!

그로 인해 공간 자체가 떨리기 시작했다.

유하성의 손짓 하나, 발짓 하나에 공간 전체가 격렬하게 진동했던 것이다.

물론 유하성의 심상이기에 공간이 뒤흔들리는 게 이상한

일은 아니었다.

하지만 중요한 건 가부좌를 틀고 있는 유하성의 육체 주위에 흐르는 기운이었다.

우우우웅!

유하성의 심상세계에서처럼 주변의 기운은 격렬하지 않았다.

그러나 실제로 존재하는 기운이었기에 더욱 묵직하고 강렬했다.

후웅. 후우웅.

하지만 사납지는 않았다.

잘 길들여진 맹수처럼 방 안의 기운들은 유하성의 의지에 따라 느릿하게 이리저리 유영했다.

해가 바뀌었지만 연구동의 풍경은 크게 바뀌지 않았다.

아이들은 평소와 같이 열심히, 그리고 치열하게 살았다.

시간이 흐를수록 인원은 점점 줄어들어 갔지만 이별에 슬퍼하는 이들은 없었다.

억지로 떠밀려 하산한 게 아니라 각자 목표를 가지고 하산했기 때문이었다.

푸히히힝!

거기다 빈자리는 다른 존재들로 채워졌다.

이제는 성체라고 해도 과언이 아닌 흑풍의 자식들이 연구동 앞마당 한쪽을 차지하고 있어서였다.

그중 대장은 놀랍게도 이소향의 친구인 예쁜이였다.

이름에 어울리지 않게도 예쁜이는 동족들에게 상당히 흉포했다.

암컷인데도 웬만한 수말들을 싸움으로 이겨 낼 정도였다.

근데 신기하게도 이소향과 유하성에게는 애교쟁이였다.

"우, 우왓!"

"또 떨어졌어! 푸하하하!"

"저 정도면 일부러 안 태워 주는 거 아냐?"

"자기보다 서열 아래로 생각하는 것일 수도 있어."

성체나 다름없는 만큼 아이들은 하나둘 말타기에 시도했다.

가르쳐 줄 사람들도 있기에 한 명씩 도전하기 시작했던 것이다.

그런데 의외로 성공률은 그리 높지 않았다.

말이란 동물 자체가 워낙에 고가이기에 말을 타 본 적이 있는 아이들은 없었고, 흑풍의 자식들도 야생마 출신이기에 사람을 태워 본 경험이 없었다.

그렇다 보니 결과는 지금의 저 모습이었다.

말 그대로 총체적 난국에 원상과 원호도 난감한 표정을 지었다.

"오늘도 어김없이 활기차네. 아주 힘이 넘쳐."

"한창 그럴 때 아닙니까."

"무공을 수련해서 그런지 몸도 튼튼하고."

우당탕탕 소리를 내며 바닥을 구르는 아이들의 모습에 명천이 피식 웃었다.

소리와 달리 소년이 다치지 않았음을 잘 알아서였다.

그동안의 수련이 결코 헛되지 않았다는 듯이 바닥으로 떨어진 남자아이는 이내 씩씩하게 자리에서 일어나 다시 도전했다.

말도 겸연쩍은 모양인지 작게 투레질을 하며 소년에게 다가가는 모습에 명천은 미소가 절로 나왔다.

"하나도 빠짐없이 기틀은 잘 다졌다고 생각합니다."

"당연히 그래야지. 가르치는 사람이 너와 무당파의 일대제자들인데. 저 정도도 안 되면 안 되지. 투입된 인력의 가치를 생각하면."

"차 한잔 드릴까요?"

"그러자꾸나."

오전 수련을 끝마치고 아이들과 어울리고 있는 이소향을 지켜보던 유하성은 몸을 돌렸다.

그러자 명천이 자연스럽게 그 뒤를 따라 처소로 들어갔다.

또르륵.

"요즘 많이 분주하다고 들었습니다."

"응? 그걸 네가 어떻게 아느냐?"

"말해 주는 사람들이 있으니까요."

"원상 아니면 명덕이겠구나."

유하성이 따라 주는 차를 받던 명천이 피식 웃었다.

짐작 가는 이들이 있어서였다.

그러면서 한편으로는 괘씸하다는 생각이 들었다.

아무리 전대 장문인이라지만 자신의 행적을 너무 미주알고주알 떠들고 다니는 듯해서였다.

"저도 자세히는 알지 못합니다. 그저 자주 처소를 떠난다고만 들었습니다."

"이제 와 그렇게 말해 봤자 늦었다. 명덕이지? 원상은 아직 나에 대해 발설할 직급이 아니니까."

"대답하지 않겠다고 해도 누구인지 아시겠죠?"

"당연하지. 솔직히 네 대답은 필요치 않아. 흥."

명천이 콧방귀를 뀌었다.

생각하면 생각할수록 기가 차서였다.

그와 동시에 다짐했다.

언제 제대로 날을 잡아 사형으로서의 위엄을 보여야겠다고 말이다.

"저는 아무 말도 하지 않았습니다."

"내가 설마 그 정도 눈치도 없을까."

"근데 명덕 사백의 마음도 이해해 주셨으면 합니다. 걱정되는 마음에 그러셨을 겁니다."

"걱정은 무슨. 내가 애냐? 내 나이가 얼만데."

명천이 퉁명스럽게 대답했다.

늙긴 했으나 오늘내일하는 정도는 절대 아니었다.

그래서 명천은 쓸데없는 걱정이라고 생각했다.

"조심해서 나쁠 건 없지 않습니까."

"내가 무당산에서 보낸 시간만 일 갑자가 넘어가. 강산이 여섯 번 바뀌었을 시간이지. 애먼 걱정이야."

"그거야 알지만 명덕 사백의 마음은 또 다르니까요."

"같이 늙어 가는 처지다 이거냐?"

"그런 뜻이 아니라 걱정하는 게 당연하다는 말입니다. 저도 그렇고요."

담담한 어조 때문일까.

명천의 기색이 살짝 누그러졌다.

사실 아닌 척했지만 명천 스스로도 느끼고 있었다.

하루하루가 다르다는 걸 말이다.

"아직은 정정해. 작년에 말한 대로 최소한 십 년은 채우고 죽을 거다. 이제 구 년 남았어."

"더 오래 사셔야죠. 그리고 찾아다니는 건 그만하셨으면 합니다."

"……어떻게 알았어?"

명천의 두 눈이 동그래졌다.

설마하니 유하성이 알고 있을 줄은 몰라서였다.

"곰곰이 생각해 보니 그것 말고는 사백께서 무당산을 돌아다니실 이유가 없더라고요."

"귀신이네."

"제가 발견한 심처 같은 곳이 또 있긴 하겠지만 그보다 더한 곳은 없을 것 같습니다."

"그건 모르는 거지. 아직 발견하지 못한 걸 수도 있고. 무당산은 넓으니까. 사람의 발길이 닿은 곳보다 닿지 않은 곳이 훨씬 많으니."

명천이 고개를 저으며 차를 들이켰다.

분명 유하성의 말도 일리는 있었다.

더 좋은 곳이 있을 가능성보다 없을 가능성이 컸다.

하지만 조금이라도 가능성이 있다면 찾아볼 가치는 충분히 있었다.

"소향이를 위해서라면 그러지 않으셔도 됩니다."

"꼭 소향이를 위해서 수색하는 건 아니다. 전대 장문인으로서 그냥 궁금해서 돌아다니는 거야. 산책도 할 겸. 나이를 먹으니 잠이 줄기도 했고."

"성과는 좀 있습니까?"

"없어."

명천이 입맛을 다시며 고개를 저었다.

유하성이 발견한 것처럼 특이한 지형이 없지는 않았다.

그러나 더 좋기는커녕 비슷한 곳조차도 드물었다.

무당검선이라 불리는 그가 매일같이 무당산을 샅샅이 뒤졌음에도 불구하고 말이다.

"제가 운이 좋았네요."

"나도 어디 가서 운빨이 약하다는 말은 안 듣는데 말이지."

"더 찾아볼 생각이십니까?"

"아직 남았어. 겸사겸사 지도도 만들고 있고. 명색이 무당파의 장문인이었는데 무당산에 아는 곳보다 모르는 곳이 더 많더라고. 즉 가던 곳만 간다는 이야기지. 경내 주변만 알고 있다는 뜻이기도 하고. 이번에 돌아다니면서 느끼게 된 것들이 많아."

"무리하지는 마세요."

유하성이 동조하듯 고개를 주억거렸다.

안 그래도 그 역시 무당산을 돌아다니며 명천과 비슷한 생각을 했었다.

무당산에 대해서 정말 모른다는 생각을 말이다.

"좀 전에도 말했다시피 네가 걱정할 정도는 아니다. 오 년 후는 모르겠지만 이삼 년 정도는 지금과 크게 다르지 않을 거다."

"건강하게 오래 사셔야죠. 건강이 제일 중요합니다. 건강하지 못하면 사는 게 사는 게 아닙니다."

"요즘 점점 부탁이 늘어나는 것 같다? 아니, 강요인가?"

"이 정도는 누구나 할 수 있는 말 아닙니까?"

"그렇긴 한데, 네가 하니까 그렇지. 나에게 신경도 안 쓰던 녀석이 내 건강을 신경 써 주니까."

명천이 께름칙한 표정으로 유하성을 바라봤다.

하지만 그런 명천의 눈빛에도 유하성은 담담했다.

"정이 들었다는 뜻이겠지요."

"하긴. 시간이 꽤 흐르긴 했지. 소향이의 영향도 없지 않아 있을 테고."

"소향이의 영향이요?"

"응. 너는 모르겠지만 소향이를 제자로 받아들인 후 성격이 많이 부드러워졌어. 아마 다른 녀석들도 인정할걸?"

유하성이 고개를 갸웃거렸다.

스스로 생각하기에 딱히 변한 것 같지 않아서였다.

"딱히 변한 것 같지는 않습니다만."

"그건 네 생각이고. 다른 사람 눈에는 보여. 아마 열이면 열 다 나랑 같은 생각일걸? 정 궁금하면 후개에게 물어봐. 너하고 가장 오래 함께한 녀석 아니냐."

"흐음."

명천의 말에도 유하성은 고개를 갸웃거렸다.

몇 번이고 돌이켜 생각해 봐도 딱히 달라진 것 같지는 않았다.

그러나 명천이 괜히 이런 말을 하지는 않을 것이기에 일단 기억은 해 두었다.

"현승이와 두일이는 언제쯤 하산시킬 생각이더냐?"

"적어도 이 년은 더 있어야 하지 않겠습니까. 이제 열다섯입니다."

"몸은 제법 만들어졌던데? 영약도 제대로 흡수했고."

다른 이였다면 크게 신경 쓰지 않겠지만 백현승은 명운의 혈육이었다.

그렇다 보니 명천도 알게 모르게 주시하고 있었다.

"아직 갈 길이 멉니다."

"그건 알지. 근데 너무 남의 손에 맡겨 두는 것도 좋지 않으니까. 금와장주에게야 푼돈이지만 다른 사람에게는 아니니까. 견물생심이라는 말이 괜히 있는 게 아냐."

명천의 눈이 날카롭게 빛났다.

한때 무당파라는 거파의 장문인이었던 만큼 그는 온갖 군상을 다 겪었었다.

그렇기에 사람을 쉽게 믿지 않았다.

피를 나눈 형제조차도 싸우고 죽이게 만드는 게 돈이라는 마물이었다.

"안 그래도 원상에게 부탁했습니다. 황 소저가 정기적으로 보고서를 보내오기는 하지만 혹시 모르니까요."

"잘했다. 귀중한 만큼 더 신경 쓰는 게 맞아. 한두 푼 아끼려다가 몽땅 날리는 것보다는 차라리 좀 더 써서 확실하게 확인하는 게 낫다."

"저도 그렇게 생각합니다."

"그보다 혹시 애기 들었느냐?"

여유롭게 찻잔을 들어 올리던 유하성이 눈을 동그랗게 떴다.

앞뒤 다 자르고 물으니 이게 무슨 말인가 싶어서였다.

"무엇을 말입니까?"

"이번에 속가제자들이 오는 거 말이다."

"속가제자들이요?"

두 눈을 끔뻑거리는 유하성의 모습에 명천이 역시나라는 표정을 지었다.

딱 예상한 대로의 반응이어서였다.

"사문의 일에는 정말 관심이 없구나. 그래도 무당패왕이라 불리는데 관심을 좀 가지거라."

"나름 듣는 건 많습니다만."

"듣긴 듣는데 잘 안 듣잖아. 바쁘다는 핑계로."

"그래도 중요한 것들은 다 듣습니다."

유하성이 항변했으나 명천은 코웃음을 쳤다.

그간 보아 온 게 있기에 곧이곧대로 믿지 않았다.

"근데 왜 모르고 있어? 현재 본 문에서 가장 중요한 일정인데."

"들은 것 같기도 합니다."

"같기도?"

"네."

명천이 물고 늘어졌으나 유하성은 당황하지 않았다.

대신 능청스럽게 화제를 돌렸다.

"그런데 속가제자들이 왜 오는 겁니까?"

"거봐. 전혀 모르잖아."

"지나가다 들어서 자세히는 모릅니다."

"아예 안 들은 거 같은데. 하아. 이렇게 따져 봤자 무슨 소용이 있겠냐. 어차피 잡아뗄 텐데."

명천이 자포자기한 듯 고개를 절레절레 저었다.

그러나 한편으로는 이해가 가기도 했다.

유하성의 일과를 생각하면 사문의 일에 일일이 신경 쓰는 게 쉽지 않을 테니까.

연구동의 사람들과 무공 연구, 태극진의 개량에 대해 의논을 해야 하고 본인의 무공수련에 이소향까지 봐줘야 했다.

"아, 설마 벌써 그때가 된 겁니까?"

깊은 한숨을 내쉬는 명천을 보면 유하성이 눈을 빛냈다.

한 가지 떠오르는 게 있어서였다.

"맞아. 이대제자들과 같은 배분인 아이들이 올 거다. 얼굴도 익히고, 다 같이 수련하며 경쟁도 하고. 또 합격진도 수련해야 하니까. 대인원이 모이는 경우는 드무니까 이렇게 기회가 있을 때 최대한 수련해야지. 네가 개량한 태극권도 익히고. 일대제자들은 어느 정도 익숙해졌지만 이대제자들은 아니니까."

"그렇긴 하죠."

"모이자마자 익히는 건 아니니까 급할 것도 없고. 우선은 기본기를 다지는 데 중점을 둬야지. 그러다 싹수가 보이는 녀석이 있으면 진산제자로 들이고."

"어떻게 보면 기회이기도 하죠."

유하성이 고개를 주억거렸다.

아주 어렸을 적의 기억이지만 지금도 선명했다.

모두 다 함께 모여서 수련하던 때가 말이다.

물론 그는 뒤늦게 합류했기에 많이 서먹서먹했었으나 다 같은 제자이고 어린 나이이다 보니 꽤 빨리 친해졌었다.

"맞아. 그걸 노리고 자식을 데려오는 녀석들도 있으니까."

"근데 훈련은 일대제자들이 맡아서 하지 않습니까?"

"장로들도 번갈아 가면서 도와주긴 해. 이번에는 나와 명덕도 한 번씩 찾아갈 생각이고. 번천회와의 전쟁 때 느낀 게 많아서 말이지."

"그 말씀은 저보고도 거들라는 것 같습니다만."

"정확해."

명천이 히죽 웃었다.

바로 이것 때문에 그가 온 것이었다.

"아이들의 보모 노릇을 하라는 건 아닐 테고, 보여 주기입니까?"

"맞아. 이번에 무당산에 오르는 아이들이 가장 보고 싶어 하는 무인이 누구이겠어?"

"장문사형이요."

"무율은 당연하고. 하지만 무율이는 쉽게 볼 수가 없지. 그렇다면 누가 남을까?"

"……저겠죠."

유하성이 실소를 흘리며 대답했다.

얼굴 가득 낯간지럽다는 기색을 띠면서 말이다.

하지만 그런 유하성의 모습에 명천은 되레 웃었다.

"그렇지. 그리고 넌 수많은 속가제자들의 꿈이자 목표이기도 해. 속가제자이면서 무당이라는 이름을 별호에 단 무인이니까. 심지어 왕의 칭호도 가지고 있지."

"몸 둘 바를 모르겠습니다."

"왜 민망해해. 네 스스로 얻은 별호인데. 자랑스러워하지는 못할망정. 어쨌든 한두 번 정도는 대연무장에 가서 아이들 좀 봐줘. 네가 나타나는 것만으로도 아이들에게는 좋은 추억이 될 게다."

"알겠습니다."

잠시 고민하던 유하성은 이내 고개를 끄덕였다.

그 역시 속가제자이기에 명천이 말하고자 하는 게 무엇인지 잘 알았다.

게다가 제자를 찾으라는 것도 아니고 얼굴 몇 번 비치는 것 정도였기에 별로 어려운 일도 아니었다.

속가제자이니만큼 남도 아니었고 말이다.

"싹수가 보이는 녀석이 있으면 말 좀 해 주고."

"저보다는 사백께서 더 잘 보지 않겠습니까? 무위와 안목이 꼭 비례하는 건 아니니까요."

"이젠 좀 자랑도 하네?"

"냉정하게 평가해서 말씀드리는 겁니다."

명천이 짓궂게 말했으나 유하성은 흔들리지 않았다.

자랑을 하지 않을 뿐이지 자부심이 없는 건 아니었다.

"보기 좋네. 그래. 사나이가 그런 면모도 있어야지. 그래도 혹시 모르니까. 나라고 완벽한 건 아니니."

"알겠습니다."

"또 같은 실수를 해서는 안 되니까."

"그렇죠."

유하성의 얼굴에 씁쓸한 기색이 떠올랐다.

자세하게 말하지 않았지만 알아들은 것이었다.

그리고 똑같은 실수를 반복하고 싶지 않은 건 유하성도 마찬가지였다.

'미리부터 준비해서 나쁠 것도 없고.'

조용히 생각에 잠기는 유하성을 응시하며 명천이 속으로 중얼거렸다.

말하지 않은 게 하나 더 있었기에 명천은 의미심장하게 웃었다.

벅벅벅.

아직 해가 뜨지 않아 캄캄한 새벽에 이춘상은 책상에 앉아 머리를 벅벅 긁었다.

답답한 마음에 손이 본능적으로 움직인 것이었다.

그리고 그 손길을 따라 이춘상의 두피에서 새하얀 가루들이 눈발처럼 흩날렸다.

"아, 여기서 나아가질 못하네. 아무리 풀면 뭐 해. 계속 막혀 있는데. 아악!"

머리를 긁적이던 걸 넘어 이춘상은 머리를 부여잡고 소리를 질렀다.

하도 답답하니 괴성이 나오는 것이었다.

물론 아직 이른 시간이고 근처에 연구동과 아이들의 숙소가 있는 만큼 이춘상은 강기막을 일으켰다.

몸 주위에 강기막을 일으켜 소음을 완전히 차단했던 것이다.

"아아악! 아악!"

그래서 이춘상은 정말 마음 놓고 악을 썼다.

그러자 답답했던 마음이 조금은 풀리는 느낌이 들었다.

"하성이는 이걸 어떻게 평생 해 온 거야? 난 하나도 이렇게 힘든데."

답답했던 가슴은 조금 뚫렸지만 막막함은 여전했다.

그런 그의 책상 위에는 새하얀 종이와 이런저런 선들이 복잡하게 그려져 있었다.

"면장에 십단금에, 태극진이라니. 거기다 다른 무공들까지 손보고 있고. 그게 사람이야?"

벅벅벅!

이번에는 양손으로 머리를 벅벅 긁었다.

그 결과 떨어지는 새하얀 가루 역시 두 배가 되었다.

하지만 정작 이춘상은 그걸 느끼지 못했다.

"……잠을 더 줄여야 하나."

두 눈을 부릅뜨고 책상 위의 종이를 노려보던 이춘상이 한숨을 쉬었다.

아무리 생각해 봐도 답이 나오지 않아서였다.

게다가 잠은 이미 충분히 줄인 상태였다.

유하성을 따라잡기 위해 수면 시간도 똑같이 하루에 한 시진으로 줄인 상태였다.

"여기서 더 줄이면 정말 죽을 것 같은데. 아니, 죽지는 않겠지만 정신적으로 죽어 가겠지."

오랫동안 몸에 밴 게으름을 털어 내기 위해 이춘상이 가장 먼저 한 게 잠을 줄이는 것이었다.

그렇게 줄이고 줄인 게 지금이었는데 여기서 더 줄인다면 몸이 버티지 못할 가능성이 컸다.

단기간이야 문제없지만 장기적으로는 좋지 않은 선택이었다.

효율을 생각해서라도 어느 정도의 수면 시간은 반드시 필요했다.

"아니면 인원을 더 늘려?"

이춘상이 눈을 번뜩였다.

면장과 십단금을 복원한 건 맞았으나 유하성 혼자 한 건 아니었다.

사부인 명운과 함께 복원 작업을 했었고, 지금의 태극권 역시 연구동의 어르신들과 함께 개량하고 있었다.

그렇기에 이춘상은 자신 역시 혼자 끙끙거릴 필요는 없다고 생각했다.

"인원이라면 어디 가서 절대 꿀리지 않지!"

고수도 많지만 방도의 숫자가 압도적인 게 개방이었다.

또한 인원으로만 따지자면 고래로부터 지금까지 천하제일 방파는 개방이었다.

그렇기에 이춘상은 두 눈을 반짝거렸다.

혼자서 안 되면 두 명, 네 명, 열 명이서 하면 되었다.

"불가능은 없지. 암!"

유하성이 해냈는데, 무당파가 해냈는데 그와 개방이 하지 못할 건 없었다.

연구동을 따라 해서 이미 성과도 냈고 말이다.

"하압! 이얍!"

"좋아. 아주 잘하고 있어."

주먹을 불끈 쥐며 의욕을 불태우고 있을 때 살짝 열린 창문 사이로 익숙한 목소리들이 들려왔다.

그 목소리에 이춘상은 홀린 것처럼 창문을 활짝 열었다.

끼이익.

낡은 경첩 소리와 함께 느릿하게 열린 창문 너머로 역시나 예상했던 두 사람이 있었다.

동녘이 어슴푸레하게 물드는 시각에 유하성과 이소향이 연무장 위에 있었던 것이다.

"오늘도 오붓하구만."

언뜻 보면 사제지간이라기보다는 부녀지간처럼 보였다.

그 정도로 두 사람의 사이는 애틋해 보였다.

지켜보는 이춘상이 부러울 정도로 말이다.

하지만 따스한 눈빛과 달리 이춘상의 두 눈은 이소향의 움직임을 날카롭게 살펴보고 있었다.

"확실히 눈썰미가 있어."

이소향은 분명 천재나 수재는 아니었다.

그러나 유하성을 닮아 성실하고 끈기가 있었다.

성격이 다른 듯하면서도 묘하게 유하성과 비슷했다.

그리고 배운 건 시간이 걸리더라도 확실하게 소화해 냈다.

"어쭙잖게 머리를 굴리지도 않고."

이춘상이 보아 온 이소향은 귀여운 외모와 달리 우직한 아이였다.

잔꾀라는 걸 모르며 유하성이 시키는 게 있다면 그대로 따랐다.

물론 단점도 명확했다.

가진 바 재능이 뛰어나지 않기에 성장 속도는 결코 빠르다고 할 수 없었다.

하지만 그럼에도 이춘상은 이소향을 높게 평가했다.

저렇게 한길을 파는 아이는 나중에 무언가라도 이룬다는 걸 잘 알아서였다.

"거기다 사부가 유하성이니."

범재로 태어나 무당패왕이라 불리는 무인이 된 게 유하성이었다.

그런 만큼 남들에게는 알려 주지 않은 비전들이 있을 터였다.

때문에 이춘상은 장담할 수 있었다.

유하성처럼 대단한 무인은 되지 못할지라도 무당파의 속

가제자들 중에서는 손꼽히는 고수가 될 거라고 말이다.

"나도 슬슬 제자를 찾아보긴 해야 하는데."

애정이 넘치는 두 사람을 지켜보며 이춘상이 턱을 쓰다듬었다.

보기 좋다는 감정이 이내 부러움으로 바뀌었고, 종국에는 취선의 나이까지 갔다.

애써 잊고 있었던 사부의 나이가 떠오르자 이춘상은 머리가 복잡해졌다.

지금까지는 피해 왔지만 그도 이제는 진지하게 고민할 때가 되었다.

"제자라……."

스윽.

솔직히 이춘상은 아직 자신이 없었다.

누군가를 가르치기보다는 유하성을 따라잡아야 한다는 마음이 컸다.

사내대장부로 태어나 한 번쯤은 천하를 호령하고 싶었고.

비록 거지이기에 혼인은 못 하지만 대신 다른 분야에서 유하성을 이기고 싶었다.

"근데 이상하게 요즘 들어 더 강해진 것 같단 말이지. 설마 가르치면서 배운다는 말이 그건가?"

이춘상이 고개를 갸웃거렸다.

분명 개인 수련시간이 줄었을 텐데도 유하성은 정체된 듯

무당
패왕
武當霸王

한 느낌이 들지 않았다.

오히려 느리지만 꾸준히 성장하는 느낌이 들었기에 이춘상은 미간을 좁혔다.

"가뜩이나 따라가기 벅찬데 여기서 더 벌어지면 안 되는데."

이춘상의 동공이 흔들렸다.

불안한 느낌은 틀리지 않는다는 말처럼 이춘상은 자신의 직감이 높은 확률로 맞을 거란 걸 알았다.

그래서 그는 제자에 대해 진지하게 생각했다.

계획 정도는 혼자서 얼마든지 세울 수 있었으니까.

무당파의 경내가 오랜만에 부산스러워졌다.

평소에도 방문객은 많았으나 시끄러운 편은 아니었다.

다른 곳도 아니고 무당파이기에 다들 알아서 몸을 사렸다.

하지만 아이들은 아무래도 그러기 힘들었다.

"우와! 산문이다!"

"해검지도 있어!"

"여기가 무당파……! 멋져!"

아빠나 할아버지의 손을 잡고 무당산을 오르던 아이들이 하나같이 두 눈을 초롱초롱하게 빛냈다.

말은 많이 들었지만 이렇게 직접 찾아온 건 처음이었기에 다들 신기해하는 것이었다.

　　특히 왠지 모르게 영험함이 느껴지는 산세에 아이들의 입은 좀처럼 다물어지지가 않았다.

　　"자자, 들어가자."

　　"네!"

제76장 명문의 자격

산문만 보고도 떠들썩해지는 분위기에 중년인이 빙그레
웃으며 아이들을 데리고 들어갔다.

속가제자들이 모이기로 해서 그런지 아는 얼굴들과 익숙
한 얼굴들이 제법 많았다.

그리고 그중에는 반가운 얼굴들도 있었기에 분위기는 한
층 더 밝아졌다.

비슷한 배분이기도 하고 지금 온 아이들처럼 어른들 역시
과거 아빠나 할아버지 손을 잡고 무당산을 왔었기에 다들 감
회 어린 표정을 지으며 산문을 넘었다.

"우와. 분위기 장난 아니다."

"그러게. 고수의 풍모가 느껴져."

"일대제자님들이 저 정도면 패왕 대협은 어느 정도일까?"

"막 보자마자 지리는 거 아냐?"

"아, 더러워!"

속가제자들을 맞이해 주는 일대제자들의 모습에 아이들이 눈을 반짝거렸다.

말끔한 도복도 도복이지만 무당파 제자 특유의 분위기가 느껴져서였다.

거기다 몇몇은 아주 예리한 기도를 풍겼기에 아이들은 초롱초롱한 눈빛으로 소곤거렸다.

"설마 그 정도일까."

"왜? 충분히 가능성 있지. 별호가 패왕인데."

"키가 구 척이라는 말도 있어."

"어? 나는 키는 평범한데 체격이 엄청나다고 들었는데. 주먹이 웬만한 솥뚜껑보다 크다고."

각자 아빠와 삼촌의 손을 잡고 무당산에 오른 네 명의 아이들이 서로를 쳐다보며 눈을 껌뻑였다.

어째 공통점이 단 하나도 없어서였다.

"근데 보고 싶기는 하다. 무당산에 계신다고 들었는데."

"우리와 같은 공기를 맡고 있다는 뜻이지."

"신기하다. 패왕님과 같은 공간에 있다니."

"근데 왜 다들 패왕 대협, 패왕님이라 부르는 거야? 배분으로 따지면 사숙조님뻘이잖아?"

한 아이가 고개를 비스듬히 꺾으며 말했다.

다들 호칭을 너무 아무렇게나 하는 것 같아서였다.

그런데 그 깐깐함이 익숙한 모양인지 다른 세 명이 동조하 듯 고개를 주억거렸다.

"네 말도 맞지."

"근데 사숙조님이라는 말은 너무 멀게 느껴지잖아."

"맞아. 그리고 너무 흔한 호칭이야. 그에 반하면 패왕님은 단 하나뿐이지."

"듣는 순간 알게 되잖아!"

세 명의 목소리가 동시에 커졌다.

그러나 시끄러운 네 아이의 대화에도 신경 쓰는 이는 아무 도 없었다.

여기 네 명 말고도 시끄러운 아이들은 많아서였다.

저잣거리 저리 가라 할 정도로 시끌벅적했기에 오히려 네 명의 목소리가 묻혔다.

"내 말이. 듣는 순간 딱! 알게 되잖아."

"심지어 별호도 멋져. 패왕이라니. 왕이라니!"

"그러니까!"

"거기다 진산제자도 아니고 속가제자이고."

"면장과 십단금도 복원해 내셨지."

마치 누가 더 많이 알고 있는지 내기라도 한 것처럼 아이 들이 쉴 새 없이 입을 놀렸다.

정작 유하성을 직접 본 사람은 아무도 없는데 말이다.

"나이도 젊으시고."

"장문인만큼이나 유명하기까지 하지."

"무림삼화 중 두 명의 마음까지 훔쳤고."

"부럽다. 너무너무 부럽다."

"심지어 무림삼화 두 명에 제갈세가와 금와장까지!"

네 아이들의 얼굴이 터질 것처럼 붉어졌다.

이제 겨우 열한 살이었지만 알 건 다 아는 네 명이었다.

거기다 미녀는 나이를 막론하고 남자의 심장을 두근거리게 만들었기에 네 명의 동공이 일순 몽롱해졌다.

"녀석들. 너희도 남자라는 거냐?"

"뭐 어때? 저 때부터 한창 관심이 가는 거지. 넌 안 그랬냐?"

"흠흠!"

자식들의 대화를 듣던 중년인들 중 한 명이 헛기침을 했다.

한때 그 역시 마을에서 제일가는 미녀의 뒤꽁무니를 일 년넘게 쫓아다닌 적이 있어서였다.

피는 못 속인다는 말처럼 이제 열한 살인 녀석이 무림삼화운운하자 중년인은 민망한 표정으로 고개를 돌렸다.

"야, 근데 한 번쯤은 오시겠지?"

"같은 속가제자니까 오시지 않을까?"

"연구동에서 거의 안 움직이신다고 듣긴 했는데, 이번 행사는 좀 큰 행사니까."

"같은 속가제자라고 하기에는 급의 차이가 너무 나지. 속가제자라고 다 같은 속가제자인가."

네 명 중 한 명이 씁쓸한 표정으로 중얼거렸다.

인정하고 싶지 않지만 현실은 냉정했다.

게다가 유하성을 보고 싶어 하는 이들이 한둘이 아니기에 바람과는 달리 한 번도 안 마주칠 가능성도 있었다.

"하긴. 내가 주변의 대화를 엿듣고 있는데 패왕님의 이름은 꼭 한 번 이상 나오더라. 모든 무리에서."

"사람 마음이라는 게 다 똑같지."

"그러니까."

"다른 녀석들은 몰라도 나는 좀 만나 뵙고 싶은데. 혹시 알아? 내 재능을 알아보고 '너, 내 제자가 돼라.'라고 하실지?"

유달리 통통한 체격의 소년이 그리 말하자 세 명의 표정이 똑같아졌다.

하나같이 어처구니없다는 표정과 눈빛으로 통통한 소년을 쳐다봤던 것이다.

그러나 통통한 소년은 당당했다.

"왜? 혹시 모르잖아? 수용소에 있던 여자아이도 제자로 들이셨는데 나라고 안 될 건 없지!"

"말이 되는 소리를 해라. 네가 재능이 있었으면 우리하고 안 놀지."

"맞아. 마을이 아니라 성에서 신동 소리를 듣고 있었겠지. 아니면 여기 계시는 일대제자분들께서 유심히 살펴보시거나."

연달아 박히는 친구들의 폭격에 통통한 소년의 표정이 시시각각 변했다.

부정할 수가 없는 진실이라 맞받아칠 수도 없어 소년으로서는 그저 감당할 수밖에 없었다.

"잔인한 놈들……."

"현실을 직시해야지."

"이런 친구도 없다."

"암. 정말 친하니까 이렇게 말해 주는 거야."

때린 데 또 때리는 친구들의 말에 통통한 소년의 표정이 울적해졌다.

하지만 그런 친구의 모습에도 세 명은 조금도 달래 주지 않았다.

대장부로서 이 정도 고통쯤은 아무렇지 않게 넘겨야 한다고 생각해서였다.

"난 패왕 대협의 제자까지는 바라지도 않는다. 그저 가르침 한 번만 받아 보고 싶다."

"헛소리하네. 만나자마자 제자로 받아 달라고 매달릴 거면서."

"넌 안 그럴 것 같아?"

"난 이미 할 말을 다 정리해 두었지. 날 제자로 받아들여야 하는 이유, 그리고 얻게 되는 이익, 앞으로의 미래까지 싹 다."

통통한 소년이 말이 없자 셋은 아예 자기들끼리 투닥거리기 시작했다.

물론 공격만 하고 받아 주고, 도와주는 건 일절 없었다.

다들 자기 하고 싶은 말만 하는데 신기한 건 용케 대화가 이어진다는 점이었다.

"저기가 대연무장이다."

"앞으로 너희들과 함께 수련할 아이들이지. 동기라고 생각하면 편할 거다."

"이대제자들은 아직 없네."

"일대제자들이 인솔해서 데려오겠지."

"어? 저기 원호 사형 아냐?"

자식들을 데리고 대연무장으로 향하던 중년인들이 동시에 몸을 떨었다.

원호라는 말에 다들 심상치 않은 반응을 보인 것이었다.

그뿐만 아니라 얼굴도 딱딱하게 변해 있었다.

"진짜네……."

"……왜 하필이면 이 자리에서."

"성격이 많이 변했다고 하던데, 헛소문이겠지?"

"무서운 거에서 조금 덜 무서운 거로 바뀐 거겠지. 그 성깔이 어디 가겠어?"

중년인들이 동시에 몸을 부르르 떨었다.

모두가 마지막 말에 동의한 것이었다.

하지만 여기까지 왔는데 모른 척할 수도 없었다.

무당산으로 출발할 때 다들 남몰래 마음의 준비도 했고 말이다.

"사람 많다."

"바글바글하네."

"나이대도 다양하네. 엄청 형도 있어."

"근데 쟤는 표정이 왜 저러지? 혼자 똥 씹은 표정인데?"

부친이 예상치 못한 인물의 등장으로 바짝 긴장한 것과 달리 아이들의 눈동자에는 호기심이 가득했다.

또래부터 시작해서 아주 어린 동생들과 나이가 제법 있는 형, 누나 들이 대연무장에 삼삼오오 모여 있어서였다.

그중 몇몇이 소년들의 눈에 들어왔다.

"딱 봐도 성격 더러워 보이는데."

"나이 차가 있어도 다 똑같은 속가제자 아냐?"

"서열이 딱히 없기는 하지. 진산제자라면 모를까 여기 있는 이들은 다 비슷비슷하니까. 아마 나이로 구분하겠지."

"성격 좋은 사람들만 있길 바라는 건, 욕심이겠지?"

"동경(銅鏡)을 봐."

친구의 말에 마상처럼 얼굴이 조금 길쭉한 소년이 눈살을 잔뜩 찌푸렸다.

그러나 그 모습에 신경 쓰는 친구는 단 한 명도 없었다.

"이번에는 참여도가 상당한 것 같습니다. 번천회 때 이탈이 상당해서 숫자가 그리 많지는 않을 거라 예상했었는데."

"자주 있는 행사는 아니니까. 거기다 전쟁이 막 끝나기도 했고."

"무당파의 제자가 되기 위해 찾아온 이들도 많다는 말씀이시죠?"

원일이 턱을 쓰다듬었다.

확실히 유하성의 말도 일리는 있었다.

현재 무림에서 가장 거론이 되는 문파 중 한 곳이 무당파였다.

천하제일문이라 불리는 소림사보다도 더 말이다.

'이유는 옆에 계신 사숙 때문이겠지.'

여전히 세인들이 꼽는 천하제일인은 성승이었다.

그러나 그의 시대가 얼마 남지 않았다는 걸 모두가 알았다.

이미 세대교체가 되어 가는 중이기도 했고.

그리고 그 선두에 유하성이 있었다.

"응. 내 예상일 뿐이지만."

"저는 가능성이 높다고 생각합니다. 본 문을 방문하는 인원이 번천회와의 전쟁 후에 크게 늘었거든요."

"그래?"

"네. 그중에는 사숙의 말씀처럼 제자가 되고 싶다고 찾아오는 이들도 상당히 많습니다. 자식을 데리고요."

"좋네."

잊히는 것보다는 찾아오는 이들이 있는 게 백번 나았다.

그렇기에 유하성은 옅은 미소를 지었다.

"다만 그중 대부분이 원하는 사람이 유 사숙이었습니다. 진산제자보다는 속가제자를 원하더라고요. 보통은 그 반대인데 말이죠. 아무래도 혼인이 차지하는 부분이 상당히 큰 것 같습니다."

"평범한 집안에서는 대를 잇는 게 무엇보다 중요하니까. 제자로도 명맥이 이어지기는 하지만 그건 문파들의 사정이고. 보통 가정들은 다르지."

"확실히 그런 것 같습니다."

대답은 했지만 원일은 크게 와닿지는 않았다.

애초에 여인에 관심이 없어서였다.

"우와."

한편 유하성의 옆에 얌전히 서 있던 이소향은 눈을 반짝였다.

대연무장을 가득 채우는 소년소녀들의 모습이 신기한 모양이었다.

심지어 저들이 다 자신과 같은 속가제자라고 하자 이소향은 눈을 빛내며 정신없이 구경했다.

"신기해?"

"네! 저렇게 많은 사람들이 저랑 똑같은 속가제자라는 게 놀라워요."

"아마 아이들은 대부분 처음 보는 사이일 거야. 어른들이야 안면이 있어도. 근데 소향이는 저 아이들이랑 어울리기 힘들 거야."

"네?!"

이소향이 두 눈을 크게 떴다.

가뜩이나 큰 눈이 그로 인해 금방이라도 빠져나올 것처럼 커지자 유하성이 웃으며 말을 이었다.

"소향이는 배분이 다르거든."

"배분이요?"

"응. 소향이는 여기 있는 원일이나 원상, 원호, 원경과 같은 배분이니까. 저 아이들한테는 사숙뻘이지. 소향이에게 저 아이들은 사질이고."

"예에?"

이소향의 동공이 확대되었다.

자신이 사숙이라는 말에 놀란 것이었다.

특히 저렇게나 많은 사질들이 생겼다는 사실이 이소향은 믿기지 않았다.

대부분이 그녀보다 나이가 많았지만 또래도 적지 않았는데 말이다.

"왜? 사숙이라 불리는 게 어색해?"

"네에. 저는 아직 나이도 어리고 무공도 잘 익히지 못했는데……."

"문파에는 규율이란 게 있단다. 그리고 무당파뿐만 아니라 모든 문파에는 배분이 상당히 중요해. 내가 원일하고 나이 차이가 크지 않음에도 불구하고 사숙이라 불리는 것처럼."

"아!"

가까운 예를 들어 주자 이소향이 손뼉을 쳤다.

단번에 이해가 되어서였다.

"그거하고 비슷한 거야."

"그럼 제가 챙겨야 하는 거예요?"

"필요하다면?"

"어, 음……."

이소향의 얼굴이 어두워졌다.

사부인 유하성과 제법 오랜 시간을 함께 보내긴 했지만 아직 누군가를 챙기고 가르칠 깜냥이 되지 않는다는 걸 스스로가 잘 알아서였다.

사소한 것들을 챙기는 거라면 모를까 무공에 대해서는 자신이 없었다.

"딱히 특별한 일을 소향이에게 시키지는 않을 거야. 그러니 걱정하지 않아도 돼."

"정말요?"

"물론이지. 아마 마주치는 경우도 별로 없을 거야. 저 아이들이야 만나 보고 싶긴 하겠지만."

"저를요?"

이소향의 두 눈이 다시 한번 동그래졌다.

그러자 옆에서 지켜보던 원일의 입가에 미소가 맺혔다.

"물론이지. 사매는 모를 거야. 사매가 의외로 유명하단 사실을 말이지."

"제, 제가요?"

원일의 말에 이소향이 말을 더듬었다.

유명이라는 단어와 자신은 너무나 어울리지 않아서였다.

그러다가 이내 유하성을 보고는 고개를 주억거렸다.

"이해한 모양이네?"

"저를 질투할까요?"

이소향이 두 손을 모으고서 꼼지락거렸다.

아무 이유 없이 다른 이를 미워하는 게 사람이었다.

좋은 사람도 있지만 태생적으로 악의만 가지고 있는 이도 있었다.

더욱이 이소향은 유하성의 제자이니만큼 부러워하기보다는 시기하는 이들이 더 많을 가능성이 컸다.

"없지는 않겠지. 하지만 좋아하는 이들도 분명히 있을 거야."

"앞에서는 조심스러워할걸? 나이는 어려도 소향이는 사문의 어른이니까. 예의를 지키지 않는 이는 규율대로 처리할 거야."

원일이 단호하게 말했다.

어떤 문파이든 각자 지켜야 하는 법규가 있었다.

그리고 그건 전통이 있고 역사가 긴 문파일수록 더 깐깐했다.

"우선 내가 가만히 있지 않겠지."

"하하하. 그, 그렇죠."

원일이 어색하게 웃었다.

무표정한 얼굴로 말하는 게 절대 농담처럼 들리지 않아서였다.

감정 기복이 거의 없지만 원일은 그래서 유하성이 더 무서웠다.

아무렇지 않은 얼굴로 다 때려 부술 것 같아서.

'화나시면 엄청 무서우시지.'

무당
패왕

원일은 지금도 선명하게 기억하고 있었다.

번천회와의 전쟁 당시, 정확하게는 전쟁의 향방이 갈리는 대회전 당시 유하성이 보여 준 신위를 말이다.

그때 펼친 맹위 덕분에 유하성은 패왕이라는 별호를 얻었다.

'동문이라고 해서 봐주시는 성격도 아니지.'

평소에는 조용히 있지만 불합리한 일이 있다면 참지 않는 게 유하성이었다.

사형조차도 들이박아 버리는 걸 봤기에 원일은 지금의 말이 결코 농담처럼 들리지 않았다.

하지만 그런 경우만 없다면 유하성은 참 좋은 사숙이었다.

배울 만한 점도 많았고 말이다.

"원하지 않으면 굳이 지금 만날 필요는 없어. 저 아이들이 소향이를 만나고 싶어 한다고 해서 소향이가 꼭 만나 줘야 하는 건 아니니까."

"맞습니다. 결정권은 사매에게 있지요."

"그러니까 만나고 싶을 때 만나면 돼. 소향이가 하고 싶은 대로."

"하고 싶은 대로."

이소향이 유하성의 마지막 말을 곱씹었다.

그러고는 고개를 돌려 대연무장을 빼곡하게 채운 아이들을 바라봤다.

모두 다 같은 동문이기에 왠지 모르게 친근한 느낌이 들기도 했지만 한편으로는 여전히 걱정도 되었다.

　많은 이들에게 미움을 받을까 봐.

　"시간은 많으니까 천천히 고민해 봐도 돼. 저 아이들이 내일 당장 떠나는 건 아니니까."

　"네!"

　"아마 두어 달은 족히 있을 겁니다. 제가 듣기로는 최대 반년까지도 길어질 수 있답니다."

　반년이라는 말에 이소향은 물론이고 유하성도 살짝 놀랐다.

　그의 기억으로는 그 정도까지 길지 않았던 것 같아서였다.

　"반년씩이나?"

　"최대가 반년입니다. 저 때는 삼 개월이었습니다. 그중에 장로님이나 일대제자의 눈에 띈 아이들은 꽤 오래 본산에 머물기도 했습니다."

　"나 때도 그러긴 했어. 음?"

　오랜만에 과거를 회상하던 유하성이 고개를 틀었다.

　대연무장 쪽에서 소란 일어나서였다.

　보호자들은 따로 이동한 모양인지 아이들만 삼삼오오 모여 있었는데 그중 한 곳에서 고성이 터져 나왔다.

　그 소리에 원일과 이소향의 고개도 돌아갔다.

우당탕!

통통한 체격의 소년이 바닥에 주저앉았다.

어깨를 짓누르는 우악스러운 손에 엉덩방아를 찧은 것이었다.

그 모습에 함께 온 친구 세 명이 두 눈을 부릅뜨고 다가갔다.

악담도 하고 괴롭히기도 하지만 네 명은 소위 말하는 불알친구였기에 소년이 넘어지자 참지 않고 나섰다.

"손 떼지 못해?"

"내가 왜 그래야 하지?"

"말 좀 걸었다고 힘을 쓰는 건 너무하다고 생각하지 않나?"

"나는 충분히 경고했는데. 다치기 싫으면 다가오지 말라고."

날카로운 인상의 소년이 눈살을 잔뜩 찌푸렸다.

오만함이 느껴지는 말투에 심기가 상한 것이었다.

그리고 그건 옆에 있는 두 친구 역시 마찬가지였다.

"여기가 네 땅이야?"

"내 땅은 아니지만 내가 서 있는 땅이기도 하지. 우리 형님의 영역이기도 하고."

세 소년의 시선이 키는 작지만 성인 못지않게 근육으로 뒤덮인 남자아이의 어깨 너머로 향했다.

한눈에 봐도 고급스러운 장삼을 걸치고 있는 소년에게로 말이다.

그런데 이 소란이 일어났음에도 불구하고 귀공자처럼 생긴 소년은 조금의 관심도 보이지 않았다.

오히려 시끄러운 게 거슬린다는 듯이 미간을 살짝 찌푸리고 있었다.

"영역?"

"그래. 괜히 다른 녀석들이 이 주위에 다가오지 않는 게 아니지."

"여기는 모두가 공용으로 사용하는 공간이다. 즉 주인이 없다는 말이지."

"맞아. 주인이 없기에 약간의 양해를 구했지. 우리 형님이 피곤해하시는 거 같아서 말이야. 가뜩이나 좁은 공간에 다닥다닥 붙어 있으면 더 피곤하지 않겠어?"

"허참!"

마른 체격 덕분에 더욱 날카로운 인상으로 보이는 소년이 어처구니없다는 표정을 지었다.

듣자 듣자 하니 가관이어서였다.

하지만 방약무인한 남자아이의 말에도 주변의 아이들은 웅성거리기만 할 뿐 끼어들지는 않았다.

무복을 뚫고 나올 것 같은 근육도 근육이지만 풍기는 기세
가 심상치가 않아서였다.

거기다 첫날부터 문제를 일으키고 싶어 하지 않았기에 다
들 물러서서 지켜보기만 했다.

"그러니까 좋은 말로 할 때 친구 데리고 멀리 떨어져. 우
리 형님은 아무하고나 인사하지 않으니까."

"이 새끼가……!"

"한판 하고 싶으면 언제라도 말하고. 다행히 일대제자분
들은 여기까지 신경을 못 쓰고 있으니."

으득. 으드득.

남자아이가 히죽 웃으며 목을 좌우로 꺾었다.

무당파 한복판에서 뒷골목 왈패나 할 법한 행동을 했던 것
이다.

"그렇게 말하면 무서워할 줄 알고?"

"혹시 당랑거철이라는 말을 아나?"

"그 건방진 콧대가 부러져도 그딴 말을 할지 궁금하군."

"크크큭!"

소년의 말에 남자아이가 성인처럼 웃었다.

하지만 풍기는 위압감은 장난이 아니었다.

외공뿐만 아니라 내공도 상당히 단련했는지 풍기는 기세
가 상당히 강렬했다.

그러나 기호지세였기에 소년은 주먹을 쥐었다.

"으윽!"

"당천아!"

그리고 그제야 남자아이는 통통한 소년의 어깨에서 손을 뗐다.

지금껏 힘으로 찍어 누르다가 풀어 준 것이었다.

"시끄럽지 않게, 알았지?"

"알겠습니다, 형님."

남은 두 명의 친구들이 허당천을 챙기는 사이 못마땅한 얼굴로 뒷짐을 지고 서 있던 소년이 명령하듯 한마디를 내뱉었다.

그런데 그 말에 남자아이가 당연하다는 듯이 대답했다.

"너 다음은 저 녀석이다. 얼마나 실력이 있는지 내가 직접 확인해 보겠어."

"미안하지만 그럴 일은 없다. 너희들 네 명이 다 달려들어도."

"내 앞에 무릎 꿇고도 그딴 말을 할 수 있는지 궁금한데."

"그럴 일 없다니까."

"흥!"

소년이 땅을 박찼다.

첫날부터 소란을 일으키는 게 좋지 않다는 걸 그도 알고 있었다.

하지만 친구가 몹쓸 꼴을 당했는데 참는 건 친구가 아니었다.

허당천을 괴롭힐 수 있는 건 오직 그와 친구들뿐이었다.

'제깟 놈이 잘나 봤자 얼마나 잘났겠어!'

소년, 장일기는 겉모습에 휘둘리지 않았다.

텅 빈 수레가 요란하다는 말처럼 무인은 결국 부딪쳐 봐야 알았다.

물론 성인들의 대결이라면 얘기가 달라지지만 지금은 둘 다 나이가 어렸기에 차이가 나도 그리 나지는 않을 터였다.

더구나 장일기는 근성 하나는 누구에게도 뒤지지 않았다.

'열 대 맞고 한 대 때리더라도 결국 서 있는 놈이 이기는 거지!'

친구들에 비해 내공이 부족함에도 승리하는 이유가 바로 이것이었다.

맞고 쓰러지는 걸 두려워하지 않았기에 친구들도 그와 대련하는 걸 꺼렸다.

부우웅!

탄탄한 근육만큼이나 남자아이의 주먹은 묵직했다.

그리고 빨랐다.

생각했던 것보다 훨씬 빠른 속도에 장일기는 당황했으나 그의 몸은 본능적으로 움직였다.

달려들던 속도 그대로 쇄도해서는 남자아이의 팔뚝을 양

팔로 휘감았다.

"응?"

맹렬한 기세로 짓쳐 들던 장일기가 팔을 휘감자 남자아이도 당혹스러운 표정을 지었다.

당연히 가슴이나 단전, 얼굴 중의 한 곳을 노릴 줄 알았는데 생뚱맞게 팔을 휘감자 남자아이는 이게 뭔가 싶었다.

그러나 남자아이가 의아해하거나 말거나 장일기는 온몸으로 휘감은 팔을 잡아당겼다.

균형을 무너뜨리려는 것이었다.

쿠웅!

하지만 당황한 것과 달리 남자아이의 대응은 상당히 노련했다.

몸의 균형을 비틀어 버리려는 걸 알고 재빨리 다리를 움직여 자세를 바로잡았던 것이다.

그와 동시에 반대쪽 팔을 움직여 반대로 장일기를 끌어안았다.

자신의 팔을 휘감은 장일기를 그대로 껴안고서 있는 힘껏 조였다.

"끄으윽!"

"네놈 같은 부류들의 수법을 나는 아주 잘 알아. 근성 하나만 믿고 덤비는 녀석들 말이야. 근데 그거 알아? 이 세상에는 넘을 수 없는 벽이라는 게 존재한다는 사실을."

"시끄러워."

"넵!"

이죽거리던 남자아이가 이내 바짝 긴장하며 대답했다.

마치 몸종처럼 형님이라 부르는 소년의 말에 꼼짝도 하지 못했던 것이다.

"우읍!"

그러나 얼어붙은 것과 달리 남자아이의 커다란 손은 단숨에 장일기의 입을 막았다.

시끄럽다는 말에 더는 신음 소리가 흘러나오지 않도록 막은 것이었다.

그와 비슷한 체격이었다면 불가능했겠으나 장일기가 워낙에 마른 체격이었기에 가능했다.

"물어도 소용없어."

물론 장일기도 가만있지는 않았다.

두꺼운 손이 입을 막자 곧바로 이를 드러냈다.

입을 막은 손을 물어뜯으려는 것이었다.

"으윽!"

하지만 남자아이가 한 수 위였다.

손바닥에서 꿈틀거리는 게 느껴지자마자 남은 손을 이용해 뒷덜미를 잡았다.

정확하게는 목과 연결된 턱을 움켜쥐자 장일기는 더 이상 입을 움직일 수가 없었다.

"이익!"

그 모습에 정신을 차린 허당천을 비롯해서 소년들이 이를 갈았다.

마음 같아서는 당장 달려들고 싶었으나 한 명 상대로 떼로 달려들어 비겁하다는 말을 듣고 싶지는 않았다.

장일기의 자존심도 생각해 줘야 했고 말이다.

"흐으읍!"

아직 장일기가 포기한 것이 아니었기에 친구 세 명은 핏발 선 눈으로 지켜봤다.

승패가 결정되면 곧바로 달려들겠다는 듯이 말이다.

"그렇게 발악해 봤자 달라지는 건 없어. 널 도와줄 사람도 없고. 곳곳에서 치고받고 있어서 일대제자들이 여기까지 신경 쓰지는 않거든. 후후후!"

여전히 장일기를 껴안은 채로 남자아이가 비열하게 웃었다.

나이에 어울리지 않는 야비한 웃음이었다.

그리고 그건 다 계획된 것이었다.

첫날부터 미운털이 박힐 필요는 없기에, 또 섬기는 소년의 지시도 있기에 귓속말을 하듯 작게 속닥거렸다.

"으읍! 읍!"

"사람은 말이야. 주제를 알아야 해. 버러지는 버러지의 삶이 있는 거야. 그걸 내가 지금 알려 주는 것이니 감사히 여기도록 해.”

“말이 많다.”

“예! 빨리 끝내겠습니다!”

귀신같이 입을 여는 소년의 말에 남자아이가 기합이 바짝 든 목소리로 소리쳤다.

옹골찬 체형답게 울림통도 상당한지 목소리가 상당히 컸다.

소년은 그게 마음에 안 드는 모양인지 눈살을 다시 한번 찌푸렸다.

‘시끄러워.’

여전히 뒷짐을 진 채로 소년이 못마땅한 표정으로 고개를 돌렸다.

그러자 그와 눈이 마주친 아이들이 화들짝 놀라며 시선을 피했다.

장일기 이전에도 당한 아이들이 있었기에 다들 겁먹은 것이었다.

한데 그 모습조차도 소년에게는 마음에 들지 않았다.

‘왜 합동수련인지.’

소년이 마음속으로 혀를 찼다.

속가제자라고 해서 다 똑같은 속가제자가 아니었다.

그 사실을 무당파라고 모르지 않을 텐데 자신을 이런 곳에 박아 둔 게 소년은 짜증 났다.

'특별한 존재는 그만한 대우를 받아야 하는 게 무림의 법도이거늘.'

소년의 이맛살이 잔뜩 찌푸려졌다.

자신의 신분을 생각하면 이런 자리는 결코 어울리지 않아서였다.

그러나 소년은 짜증이 치솟음에도 참았다.

무당파이니만큼 한 번 정도는 참아 주는 아량을 베풀 생각이었다.

"이제 그만 끝내 볼⋯⋯."

스스슥!

체급 차이에서 오는 압도적인 힘의 차이를 몸소 느끼게 해 주던 남자아이가 말끝을 흐렸다.

그의 눈에 마치 파도가 갈라지듯 아이들이 좌우로 벌어지는 광경이 들어와서였다.

태어나서 지금껏 단 한 번도 보지 못한 광경에 남자아이는 두 눈을 휘둥그레 떴다.

"어? 어어?!"

그리고 그건 주변에 있던 다른 아이들도 마찬가지였다.

갑자기 벌어지는 알 수 없는 상황에 다들 의아한 표정을 지었다가 이내 두 눈을 부릅떴다.

그들에게는 하늘 같은 일대제자들을 거느리고 다가오는 젊은 사내가 누구인지 짐작할 수 있어서였다.

때문에 아이들은 하나같이 황송한 표정을 지어 보였다.

"너."

"예, 예?"

"그래. 너."

"예!"

"언제까지 그 아이를 괴롭히고 있을 생각이지?"

쿠웅!

유하성의 말에 남자아이가 장일기를 내려놓았다.

말이 끝나기 무섭게 꽉 조이고 있던 장일기를 풀어 버렸던 것이다.

그러고는 의아한 표정을 지었다.

자신의 의지와는 상관없이 장일기를 놓은 것 같아서였다.

휘이익!

하지만 남자아이는 이내 머리를 흔들었다.

지금 중요한 건 장일기 따위가 아니었다.

눈앞에 있는 유하성에게 좋은 인상을 심어 주는 게 훨씬 더 중요했다.

그러나 안타깝게도 유하성은 이내 고개를 돌렸다.

"안녕하십니까! 하남성 연가장의 연상경이라고 합니다!"

지금껏 만사가 귀찮다는 듯이 얼굴 가득 권태로운 표정을 지었던 연상경이 대번에 밝아진 얼굴로 소리쳤다.

몸종이나 마찬가지인 남자아이와 마찬가지로 한눈에 유하성을 알아본 것이었다.

그래서 연상경은 그 어느 때보다 순진무구한 표정으로 유하성을 향해 깍듯하게 인사를 올렸다.

"연가장이라."

"예! 연가장주님께서 제 아버지 되십니다!"

중얼거리는 한마디조차 흘려듣지 않겠다는 듯이 연상경이 우렁차게 대답했다.

방금 전 남자아이처럼 말이다.

하지만 유하성은 무심한 표정으로 고개를 돌렸다.

다시 남자아이를 쳐다봤던 것이다.

"아까 재미있는 말을 하던데."

"제, 제가요?"

연상경을 대했을 때보다 훨씬 더 긴장한 얼굴로 남자아이가 대답했다.

정말 아무것도 모른다는 표정으로 말이다.

그게 유하성은 너무나 가증스러웠다.

"주제를 알아야 한다고 했지. 버러지에게는 버러지의 삶이 있다고 말이야."

흠칫!

고저 없이 흘러나오는 유하성의 말에 남자아이가 움찔거

렸다.

그러고는 댕그란 눈알을 요리조리 굴렸다.

이 상황을 모면할 방도를 궁리하는 것이었다.

그러나 아무리 머리를 굴려도 마땅한 변명거리가 떠오르지 않았다.

"근데 너에게 그런 말을 할 자격이 있나? 아니면, 스스로 생각하기에 그만한 자격이 있는 신분이라고 생각하는 건가?"

"그게, 그러니까요……."

심유한 유하성의 눈빛에 남자아이가 말을 더듬었다.

하지만 당황해서인지 말이 제대로 나오지 않았다.

머릿속은 이미 뒤죽박죽이 되어 있었고.

그래서 남자아이는 본능적으로 연상경을 바라봤다.

눈빛으로 도와 달라는 신호를 보냈던 것이다.

그러나 연상경의 상황도 썩 좋지는 않았다.

"네가 시켰다는 눈빛 같은데."

"저는 시끄럽다는 말밖에는 하지 않았습니다."

"주, 주군!"

연상경의 대답에 남자아이의 안색이 창백해졌다.

설마하니 연상경이 자신을 버릴 줄은 몰라서였다.

그 충격 때문인지 장일기가 체중을 실어 매달렸음에도 꿈쩍도 하지 않던 남자아이가 바닥에 주저앉았다.

어른처럼 말하고 행동하긴 했어도 남자아이 역시 이제 열두 살에 불과한 애였다.

"너는 잘못이 없다?"

"예. 모든 건 석추강이 독단적으로 내린 결정입니다. 일종의 과잉충정이었지 않나 생각합니다. 대협의 심기를 불편하게 만들었다면 죄송합니다. 제가 주의를 주겠습니다."

연상경은 고개를 깊게 숙였다.

예상치 못한 상황이었으나 연상경은 지금의 사건이 꼭 나쁘다고만 생각하지는 않았다.

좋은 첫인상을 남겼다면 정말 좋았겠으나 어중간하게 인사를 하는 것보다는 지금이 나았다.

다른 이들보다 훨씬 더 깊은 인상을 줄 테니까.

'잘 수습하면 오히려 전화위복이 될 수도 있다.'

방금 전까지만 하더라도 지루하고 시끄러웠지만 지금은 달랐다.

어떻게 보면 석추강이 일으킨 소란이 유하성을 불러낸 것이나 마찬가지였기에 연상경은 속으로 웃었다.

좋든 나쁘든 유하성에게 자신의 존재를 각인시키는 게 중요했다.

나쁜 인상은 차차 바꿔 가면 될 일이었다.

'추강이가 서운해하기는 하겠지만 그것 역시 나중에 잘 달래 주면 될 일.'

석추강은 태어났을 때부터 운명이 정해진 아이였다.

그의 수족이자 그림자로 말이다.

그렇기에 연상경은 석추강이 서운해한다는 걸 알았음에도 크게 신경 쓰지 않았다.

당연히 그를 이해할 거라 생각하면서 말이다.

"하하하하!"

그런데 갑자기 유하성이 웃었다.

동시에 분위기가 일변했다.

화를 낸 것도, 흥분한 것도 아니고 웃고 있는데 연상경은 북쪽의 동토 한복판에 서 있는 것 같은 착각이 들었다.

그 정도로 차가운 냉기가 주위를 짓누르는 듯한 느낌을 받았다.

"왜, 왜 그러십니까?"

정신이 번쩍 들 정도로 서늘한 느낌에 연상경이 조심스럽게 물었다.

얼굴에는 천진난만한 가면을 쓰고서 말이다.

"너. 여기 있는 애들과 자신은 다르다고 생각하지?"

"그게 무슨 말씀이신지요?"

"다 알면서 모른 척하긴. 너는 특별하다고 생각하잖아?"

"아닙니다. 제가 어찌 그런 생각을……."

"이런 말이 있지. 자식을 보면 부모를 알 수 있다고. 그리고 부하를 보면 수장을 알 수 있는 법이다."

꿀꺽!

싸늘한 유하성의 목소리에 연상경은 자기도 모르게 마른 침을 삼켰다.

그리고 그건 묵묵히 자리를 지키고 있던 석추강도 마찬가지였다.

딱히 기세를 흩뿌린 것도 아닌데 두 아이는 몸이 바짝 얼었다.

"원일."

"예, 사숙."

원일이라는 이름에 주변에서 숨죽이고 지켜보고 있던 아이들의 두 눈이 다시 한번 휘둥그레졌다.

거느리고 온 이들이 일대제자라는 건 분위기와 나이대로 짐작했었다.

한데 그중에 장문인의 대제자가 있자 아이들은 입을 쩍 벌렸다.

"연가장에 대해서 말해 봐."

"알겠습니다."

그리고 이어지는 말에 또 놀랐다.

대뜸 연가장에 대해 읊어 보라고 할 줄은 몰라서였다.

하지만 가장 놀라고 당황한 건 연상경이었다.

원일이 함께 온 것도 놀라웠지만 갑자기 연가장에 대해 설명하라고 하자 어안이 벙벙한 표정을 지었다.

"한마디로 속가문파들 중에 가장 입김이 센 곳이다?"

"간단하게 정리하면 그렇습니다."

"그 연가장의 소장주가 저 녀석이고?"

"예."

"그래서 다른 아이들을 낮잡아 본 것이냐?"

부르르르!

연상경이 몸을 떨었다.

마치 속을 꿰뚫어 보는 듯한 눈빛에 몸이 절로 떨려 왔다.

그러나 연상경은 가까스로 표정을 가다듬었다.

"저는 절대 그렇게 생각하지 않습니다."

"그런 녀석이 이 넓은 공간을 혼자 차지하고 있어? 시끄럽다는 이유로?"

"그건 추강이가 과잉충정으로……."

"내가 상황판단 못 하는 머저리로 보이느냐?"

말을 자르고 들어오는 유하성의 일갈에 연상경의 몸이 굳어졌다.

나지막하지만 강렬한 호통에 말문이 막힌 것이었다.

"그리고 과잉충정이라는 걸 알면서도 넌 내버려 두었지. 왜? 편하니까. 자기는 여기 있는 아이들과 다르다고 생각했으니까. 미리 기를 죽여 놓을 필요도 있다고 생각했겠고. 너는 아마 자신이 특별한 존재라고 생각할 거야. 속가제자라고

다 같은 속가제자가 아니라고 말이지. 눈빛을 보면 딱 알아. 우월감에 취해 있는 게.”

“절대, 절대 그렇지 않습니다!”

연상경이 황급히 입을 열었다.

속을 훤히 들여다본 게 놀라웠지만 지금 중요한 건 그게 아니었다.

아무 말도 하지 않으면 인정하는 꼴이었기에 연상경은 다급하게 부정했다.

“행동과 다른 말이 과연 신빙성이 있을까? 게다가 무당파라는 이름은 널 위해 존재하는 게 아니다. 연가장 역시.”

“그게 무슨 말씀이신지…….”

“무당파의 이름을 더럽히지 말라는 거다. 네 개인의 영달을 위해 사용할 만큼 무당파라는 이름은 가볍지 않다. 더욱이 나는 인성이 덜된 것들을 아주 경멸해. 특히나 같은 무당파의 제자들을 업신여기는 것들은.”

연상경의 얼굴이 새하얘졌다.

창백해지다 못해 탈색된 것이었다.

더불어 연상경은 깨달았다.

자신이 돌아오지 못하는 강을 건넜다는 사실을 말이다.

“잘못했습니다! 다시는 이런 일이 없도록 하겠습니다! 한 번만, 한 번만 봐주십시오!”

연상경이 넙죽 무릎을 꿇었다.

흘러가는 분위기가 심상치 않자 대뜸 무릎부터 꿇은 것이었다.

그러면서 재빨리 석추강에게 눈빛을 보냈다.

너도 얼른 무릎을 꿇으라는 듯이 말이다.

"죄, 죄송합니다!"

연상경에 대한 서운함이 남아 있었으나 석추강은 일단 옆으로 다가가 무릎을 꿇었다.

우선은 지금의 상황을 타개하는 게 먼저라고 생각해서였다.

어찌 됐든 그와 연상경은 일심동체나 마찬가지였다.

"원일."

"예, 사숙."

"이번 일정의 목표가 무엇이지?"

"안면을 익히고 교분을 나누는 게 일 차적인 목표이고 이 차적인 목표는 단합력과 협동심을 기르는 것입니다."

"내가 보기에는 이 둘은 그 자격이 없는 것 같은데."

유하성과 원일의 대화에 연상경과 석추강이 아연한 표정을 지었다.

지금 유하성이 하는 말이 무슨 의미인지 너무나 잘 알아서였다.

더욱이 유하성은 현재 무당파에서 장문인 못지않은 영향력을 지닌 인물이었다.

그렇기에 연상경은 오체투지를 하듯 머리를 땅바닥에 박았다.

쿵! 쿵!

그리고 그건 석추강도 마찬가지였다.

흘러가는 상황이 심상치 않았기에 석추강도 거의 동시에 머리를 조아렸다.

"한 번만, 제발 한 번만 봐주십시오!"

"제가 잘못했습니다!"

눈치 빠른 연상경은 알았다.

여기서 퇴출당하는 게 어떤 의미인지 말이다.

심지어 그것을 명한 게 무당패왕이라 불리는 유하성이었다.

친분을 쌓지는 못할지언정 절대 미움을 받지 말아야 하는 존재가 유하성이었기에 연상경은 금방이라도 울 것 같은 얼굴로 빌었다.

"거봐. 사과의 순서가 잘못되었잖아."

"네?"

간절하게 빌었던 연상경이 순간 멍한 표정을 지었다.

이게 무슨 소리인가 싶어서였다.

하지만 더 이상의 설명은 없었다.

"원일."

"예. 제가 처리하겠습니다. 둘 다 일어나도록."

더는 말을 섞고 싶지 않다는 듯이 유하성이 고개를 돌리며 원일을 불렀다.

별다른 설명 없이 이름만 불렀지만 원일은 귀신같이 유하성의 마음을 알아차렸다.

그러나 원일의 말에도 두 아이는 일어나지 않았다.

여기서 일어나는 순간 어떻게 되는지 본능적으로 알 수 있어서였다.

"내 말이 말 같지 않은 모양이야. 하긴. 대연무장에서 대놓고 동기들을 업신여기던 성격이니."

"아닙니다! 그게 아니라……!"

"그럼 왜 안 일어나는 거지?"

원일의 싸늘한 목소리가 연상경과 석추강을 덮쳤다.

북풍한설보다 더한 냉기에 연상경은 머리가 복잡했다.

진퇴양난도 이런 진퇴양난이 없어서였다.

더구나 원일은 차기 장문인이 유력한 대제자였다.

"자, 잠시만요!"

"아버지!"

그때 연상경에게 구명줄이 내려왔다.

대연무장에서 조금 떨어진 장소에서 친분이 있던 속가제자들과 이런저런 대화를 나누던 연가장주가 심상치 않은 기류를 느끼고는 황급히 달려온 것이었다.

그 뒤로 다른 속가제자들도 무슨 일인가 싶어 몰려왔다.

유하성의 얼굴은 잘 몰라도 무율의 대제자인 원일은 알고 있었기에 다들 놀란 표정이었다.

"무슨, 무슨 일입니까?"

"설명은 아들한테 들으시죠."

"예?"

다음 권으로 이어집니다